Abschiednehmen müssen wir alle immer wieder: sei es der Abschied von einem geliebten Menschen oder der Abschied von vertrauter Umgebung, von bestimmten Lebensstufen bis hin zum radikalsten, dem endgültigsten Abschied, den es gibt: dem Abschied vom Leben. Trennungen sind menschliche Erfahrungen, mit denen sich die Dichter seit jeher auseinandergesetzt haben.

insel taschenbuch 694

Vom Abschied

Vom Abschied

Eine Gedichtsammlung

Herausgegeben

von Margot Litten

Insel Verlag

Umschlagabbildung:
Egon Schiele, Vier Bäume, 1917. Detail
Österreichische Galerie, Wien

insel taschenbuch 694
Erste Auflage 1987
Originalausgabe

Quellenhinweise am Schluß des Bandes
Vertrieb durch den Suhrkamp Taschenbuch Verlag
Umschlag nach Entwürfen von Willy Fleckhaus
Satz: LibroSatz, Kriftel
Druck: Nomos Verlagsgesellschaft, Baden-Baden
Printed in Germany

1 2 3 4 5 6 – 92 91 90 89 88 87

Vom Abschied

VORWORT

»An jedem Tage gibts ein Abschiednehmen;
Und irgend etwas, das uns angehört,
Wird jeden Augenblick für uns zerstört
Und wandelt hin zu den vergessenen Schemen . . .«

Abschiednehmen müssen wir alle immer wieder:

Abschied von einem geliebten Menschen, Abschied von vertrauter Umgebung, von bestimmten Lebensstufen bis hin zum radikalsten, endgültigsten Abschied, den es gibt: dem Abschied vom Leben. Trennungen sind existentielle menschliche Erfahrungen, mit denen sich natürlich zu allen Zeiten auch die Dichter auseinandergesetzt haben.

Was können uns ihre Gedichte bei der Bewältigung eigener Abschiede geben? Welchen Trost? Welche Hoffnung?

Ein Gedicht kann Partner sein in meinem Schmerz: der es schrieb, hat Ähnliches durchlitten. Ich lese aus seinen Worten mein Schicksal und mache so das Gedicht zu *meinem* Gedicht. Es gestattet mir Identifikation: es liefert die Form und ist bereit für meinen Inhalt. Es be-trifft mich, weil es die Sprache des Gefühls und nicht die des Verstandes spricht; indem es mich trifft, löst es vielleicht meine Starre, in die ich mich wie in einen schützenden Kokon zurückgezogen habe.

Und vielleicht weist es mir auch den Weg zu einem tieferen Verständnis von Abschied – einer Wahrheit, die ich im Moment noch nicht selbst erkennen kann: daß Leben Wandel bedeutet, und daß diesem Wandel alles unterworfen ist.

»Partir, c'est mourir un peu . . .«, sagt der Kleine Prinz bei Saint-Exupéry – Abschied ist ein bißchen wie Sterben.

Aber wie bei einer Pflanze alte Blüten absterben, damit neue Triebe wachsen können, werden auch wir nur durch Trennung, durch Loslassen von Vergangenem frei für neue Erfahrungen. Etwas stirbt, damit etwas Neues entstehen kann.

Wieviel Leid, wieviele Abschiede müssen wohl durchlitten sein, bis solche Lebenseinsichten reifen, von denen Hermann Hesse in seinem Gedicht über die »Stufen des Lebens« spricht:

Wie jede Blüte welkt und jede Jugend
Dem Alter weicht, blüht jede Lebensstufe,
Blüht jede Weisheit auch und jede Tugend
Zu ihrer Zeit und darf nicht ewig dauern.
Es muß das Herz bei jedem Lebensrufe
Bereit zum Abschied sein und Neubeginne,
Um sich in Tapferkeit und ohne Trauern
In andre, neue Bindungen zu geben.
Und jedem Anfang wohnt ein Zauber inne,
Der uns beschützt und der uns hilft, zu leben.

Margot Litten

Abschied von Menschen

Und die reine Liebe
wird vergossen ins Vorbei

Ringelnatz

HEINRICH VON MORUNGEN
OH WEH, SOLL MIR NUN NIMMERMEHR

Oh weh, soll mir nun nimmermehr
Hell leuchten durch die Nacht
Noch weißer denn ein Schnee
Ihr Leib, so wohl gemacht?
Der trog die Augen mein,
Ich wähnt, es sollte sein
Des lichten Mondes Schein,
Da tagte es.

JOHANN CHRISTIAN GÜNTHER
DIE VERWORFENE LIEBE

Ich habe genug!
Lust, Flammen und Küsse
Sind giftig und süße
Und machen nicht klug;
Komm, selige Freiheit, und dämpfe
den Brand,
Der meinem Gemüte die Weisheit entwand.

Was hab ich getan!
Jetzt seh ich die Triebe
Der törichten Liebe
Vernünftiger an;

Ich breche die Fessel, ich löse mein Herz
Und hasse mit Vorsatz den zärtlichen Schmerz.

Was quält mich vor Reu?
Was stört mir vor Kummer
Den nächtlichen Schlummer?
Die Zeit ist vorbei.
O köstliches Kleinod! o teurer Verlust!
O hätt ich die Falschheit nur eher gewußt!

Geh, Schönheit, und fleuch!
Die artigsten Blicke
Sind schmerzliche Stricke;
Ich merke den Streich.
Es lodern die Briefe, der Ring bricht entzwei
Und zeigt meiner Schönen: Nun leb ich recht frei!

Nun leb ich recht frei
Und schwöre von Herzen,
Daß Küssen und Scherzen
Ein Narren-Spiel sei;
Denn wer sich verliebet, der ist wohl nicht klug.
Geh! falsche Sirene! ich habe genug.

FRANÇOIS VILLON
RONDEAU

Tod, deine Strenge will mir ans Herz:
Meine Geliebte, sie lebte noch eben,
Doch du willst dir nicht Ruhe geben,
Gierst auch nach mir in meinem Schmerz.
Ich hab nicht Kraft mehr, zu widerstreben,
–Aber sag, was tat sie dir im Leben,
Tod?

Zwei waren wir und nur ein Herz,
Da es hin, muß ich mich von hinnen heben;
Sieh, wie ich lebe ohne Leben,
Auswendig, ein tönend Erz,
Tot.

RINALDO D'AQUINO
DIE ZURÜCKGEBLIEBENE

Nie kann ich Ruh und Frieden,
Nie Freude mehr gewinnen.
Die Schiffe sind im Hafen
Und wollen bald von hinnen,
Die Krieger ziehn von dannen,
Das heilge Land gewinnen,
Und ich, ich Unglückselge,
Was soll nun ich beginnen?

Er zieht nach fremdem Lande
Und sendet mir nicht Kunde.
Ich bleibe hier verlassen.
Aus meines Herzens Grunde
Kommt Seufzen nur und Stöhnen
Ob meiner Herzenswunde.
Zu schwer bin ich geschlagen
Als daß ich je gesunde.

CHRISTIAN HOFFMANN VON HOFFMANNSWALDAU

WO SIND DIE STUNDEN

Wo sind die Stunden
Der süßen Lust,
Da ich zuerst empfunden,
Wie deine Lieblichkeit
Mich dir verbunden?
Sie sind verrauscht, es bleibet doch dabei,
Daß alle Lust vergänglich sei.

JOHANN WOLFGANG GOETHE
WER VON DER SCHÖNEN ZU SCHEIDEN VERDAMMT IST

Wer von der Schönen zu scheiden verdammt ist,
Fliehe mit abgewendetem Blick!
Wie er, sie schauend, im Tiefsten entflammt ist,
Zieht sie, ach! reißt sie ihn ewig zurück.

Frage dich nicht in der Nähe der Süßen:
Scheidet sie? scheid ich? Ein grimmiger Schmerz
Fasset im Krampf dich, du liegst ihr zu Füßen,
Und die Verzweiflung zerreißt dir das Herz.

Kannst du dann weinen und siehst sie durch Tränen,
Fernende Tränen, als wäre sie fern:
Bleib! Noch ist's möglich! Der Liebe, dem Sehnen
Neigt sich der Nacht unbeweglichster Stern.

Fasse sie wieder! Empfindet selbander
Euer Besitzen und euren Verlust!
Schlägt nicht ein Wetterstrahl euch auseinander,
Inniger dränget sich Brust nur an Brust.

Wer von der Schönen zu scheiden verdammt ist,
Fliehe mit abgewendetem Blick!
Wie er, sie schauend, im Tiefsten entflammt ist,
Zieht sie, ach! reißt sie ihn ewig zurück.

JOHANN WOLFGANG GOETHE

ABSCHIED

Zu lieblich ist's, ein Wort zu brechen,
Zu schwer die wohlerkannte Pflicht,
Und leider kann man nichts versprechen,
Was unserm Herzen widerspricht.

Du übst die alten Zauberlieder,
Du lockst ihn, der kaum ruhig war,
Zum Schaukelkahn der süßen Torheit wieder,
Erneust, verdoppelst die Gefahr.

Was suchst du mir dich zu verstecken!
Sei offen, flieh nicht meinen Blick!
Früh oder spät mußt ich's entdecken,
Und hier hast du dein Wort zurück.

Was ich gesollt, hab ich vollendet,
Durch mich sei dir von nun an nichts verwehrt;
Allein verzeih dem Freund, der sich nun von dir wendet
Und still in sich zurücke kehrt!

JOHANN WOLFGANG GOETHE
DAS WIEDERSEHN IST FROH, DAS SCHEIDEN SCHWER

Das Wiedersehn ist froh, das Scheiden schwer,
Das Wieder-Wiedersehn beglückt noch mehr,
Und Jahre sind im Augenblick ersetzt;
Doch tückisch harrt das Lebewohl zuletzt.

JOHANN WOLFGANG GOETHE
WILLKOMMEN UND ABSCHIED

Es schlug mein Herz, geschwind zu Pferde!
Und fort! wild, wie ein Held zur Schlacht.
Der Abend wiegte schon die Erde,
Und an den Bergen hing die Nacht;
Schon stand im Nebelkleid die Eiche
Wie ein getürmter Riese da,
Wo Finsternis aus dem Gesträuche
Mit hundert schwarzen Augen sah.

Der Mond von einem Wolkenhügel
Sah schläfrig aus dem Duft hervor;
Die Winde schwangen leise Flügel,
Umsausten schauerlich mein Ohr;
Die Nacht schuf tausend Ungeheuer;
Doch tausendfacher war mein Mut:
Mein Geist war ein verzehrend Feuer!
Mein ganzes Herz zerfloß in Glut.

Ich sah dich, und die milde Freude
Floß von dem süßen Blick auf mich;
Ganz war mein Herz an deiner Seite
Und jeder Atemzug für dich.
Ein rosenfarbnes Frühlingswetter
Lag auf dem lieblichen Gesicht,
Und Zärtlichkeit für mich – ihr Götter!
Ich hofft' es, ich verdient' es nicht!

Der Abschied, wie bedrängt, wie trübe!
Aus deinen Blicken sprach dein Herz.
In deinen Küssen welche Liebe,
O welche Wonne, welcher Schmerz!
Du gingst, ich stand und sah zur Erden
Und sah dir nach mit nassem Blick;
Und doch, welch Glück, geliebt zu werden!
Und lieben, Götter, welch ein Glück!

FRIEDRICH SCHILLER

NÄNIE

Auch das Schöne muß sterben! Das Menschen und Götter bezwinget,
Nicht die eherne Brust rührt es des stygischen Zeus.
Einmal nur erweichte die Liebe den Schattenbeherrscher,
Und an der Schwelle noch, streng, rief er zurück sein Geschenk.
Nicht stillt Aphrodite dem schönen Knaben die Wunde,
Die in den zierlichen Leib grausam der Eber geritzt.
Nicht errettet den göttlichen Held die unsterbliche Mutter,

Wann er, am skäischen Tor fallend, sein Schicksal erfüllt.
Aber sie steigt aus dem Meer mit allen Töchtern des Nereus,
Und die Klage hebt an um den verherrlichten Sohn.
Siehe! Da weinen die Götter, es weinen die Göttinnen alle,
Daß das Schöne vergeht, daß das Vollkommene stirbt.
Auch ein Klaglied zu sein im Mund der Geliebten, ist herrlich,
Denn das Gemeine geht klanglos zum Orkus hinab.

CLEMENS BRENTANO
SO LEBE WOHL

So lebe wohl mit allen deinen Freuden,
Du süßes Tal voll Seligkeit,
Dich, süßes Tal, mit allen deinen Leiden
Verlasse ich auf lange Zeit.

Verarmet ist die Hütte am Gestade,
Die meines Daseins Wert umfing,
Die Blumen welken weinend um die Pfade,
Wo ich an Jinnis Seite ging.

Des ernsten Haines liebestiller Schatten
Zerrinnt in öde Grabesnacht,
Und weinend küßt der Tag die Blumenmatten,
Der ohne Jinni nun erwacht.

Er eilt herab vom hohen Felsenthrone
Und sucht sie trauernd im Gemach.

Nie küßt er mehr die Holde, die Entflohne,
Nie mehr des Tales Anmut wach.

CLEMENS BRENTANO
DA WIR ZUSAMMEN WAREN

Da wir zusammen waren,
Da sang die Nachtigall;
Nun mahnet mich ihr Schall,
Daß Du von mir gefahren.

So oft der Mond mag scheinen,
Gedenk ich Dein allein;
Mein Herz ist klar und rein,
Gott wolle uns vereinen!

JOSEF VICTOR VON SCHEFFEL
DAS IST IM LEBEN HÄSSLICH EINGERICHTET

Das ist im Leben häßlich eingerichtet,
Daß bei den Rosen gleich die Dornen stehn,
Und was das arme Herz auch sehnt und dichtet,
Zum Schlusse kommt das Voneinandergehn.
In deinen Augen hab ich einst gelesen,
Es blitzte drin von Lieb und Glück ein Schein:
Behüt dich Gott, es wär zu schön gewesen,
Behüt dich Gott, es hat nicht sollen sein!

EDUARD MÖRIKE
LEBE WOHL

»Lebe wohl« – Du fühlest nicht,
Was es heißt, dies Wort der Schmerzen;
Mit getrostem Angesicht
Sagtest du's und leichtem Herzen.

Lebe wohl! – Ach tausendmal
Hab ich mir es vorgesprochen,
Und in nimmersatter Qual
Mir das Herz damit gebrochen.

THEODOR STORM
DIE ZEIT IST HIN

Die Zeit ist hin; du löst dich unbewußt
Und leise mehr und mehr von meiner Brust;
Ich suche dich mit sanftem Druck zu fassen,
Doch fühl ich wohl, ich muß dich gehen lassen.

So laß mich denn, bevor du weit von mir
Im Leben gehst, noch einmal danken dir;
Und magst du nie, was rettungslos vergangen,
In schlummerlosen Nächten heimverlangen.

Hier steh ich nun und schaue bang zurück;
Vorüber rinnt auch dieser Augenblick,

Und wieviel Stunden dir und mir gegeben,
Wir werden keine mehr zusammen leben.

THEODOR STORM
WOHL RIEF ICH SANFT DICH AN MEIN HERZ

Wohl rief ich sanft dich an mein Herz,
Doch blieben meine Arme leer;
Der Stimme Zauber, der du sonst
Nie widerstandest, galt nicht mehr.

Was jetzt dein Leben füllen wird,
Wohin du gehst, wohin du irrst,
Ich weiß es nicht; ich weiß allein,
Daß du mir nie mehr lächeln wirst.

THEODOR STORM
MEIN JÜNGSTES KIND

Ich wanderte schon lange,
Da kamest Du daher;
Nun gingen wir zusammen,
Ich sah dich nie vorher.

Noch eine kurze Strecke,
– Das Herz wird mir so schwer –
Du hast noch weit zu gehen,
Ich kann nicht weiter mehr.

THEODOR STORM
SCHLIESSE MIR DIE AUGEN BEIDE

Schließe mir die Augen beide
Mit den lieben Händen zu!
Geht doch alles, was ich leide,
Unter deiner Hand zur Ruh.

Und wie leise sich der Schmerz
Well' um Welle schlafen leget,
Wie der letzte Schlag sich reget,
Füllest du mein ganzes Herz.

MATTHIAS CLAUDIUS
BEI DEM GRABE MEINES VATERS

Friede sei um diesen Grabstein her!
    Sanfter Friede Gottes! Ach, sie haben
Einen guten Mann begraben,
    Und mir war er mehr;

Träufte mir von Segen, dieser Mann,
    Wie ein milder Stern aus bessern Welten!
Und ich kann's ihm nicht vergelten,
    Was er mir getan.

Er entschlief; sie gruben ihn hier ein.
    Leiser, süßer Trost, von Gott gegeben,

Und ein Ahnden von dem ew'gen Leben
Düft' um sein Gebein!

Bis ihn Jesus Christus, groß und hehr!
Freundlich wird erwecken – ach, sie haben
Einen guten Mann begraben,
Und mir war er mehr.

KAROLINE VON GÜNDERODE
DIE EINE KLAGE

Wer die tiefste aller Wunden
Hat in Geist und Sinn empfunden,
Bittrer Trennung Schmerz;
Wer geliebt was er verloren,
Lassen muß was er erkoren,
Das geliebte Herz,

Der versteht in Lust die Tränen
Und der Liebe ewig Sehnen,
Eins in zwei zu sein,
Eins im andern sich zu finden,
Daß der Zweiheit Grenzen schwinden
Und des Daseins Pein.

Wer so ganz in Herz und Sinnen
Konnt ein Wesen lieb gewinnen,
O! den tröstet's nicht,
Daß für Freuden, die verloren,
Neue werden neu geboren:
Jene sind's doch nicht.

Das geliebte, süße Leben,
Dieses Nehmen und dies Geben,
Wort und Sinn und Blick,
Dieses Suchen und dies Finden,
Dieses Denken und Empfinden
Gibt kein Gott zurück.

RUDOLF ALEXANDER SCHRÖDER

AN JEDEM TAGE GIBTS EIN ABSCHIEDNEHMEN

An jedem Tage gibts ein Abschiednehmen;
Und irgend etwas, das uns angehört,
Wird jeden Augenblick für uns zerstört
Und wandelt hin zu den vergessenen Schemen.

Wohl, über dieses soll sich keiner grämen,
Weil immer auch ein Neues uns betört;
Und kein Verlassen ist so unerhört,
Dem wir uns nicht zu guter Letzt bequemen.

So gehn auch wir, und lassen alle Welt
Und sind nicht mehr; und jenes Wort: »Gewesen«
Erklingt von uns, wie wir's von vielem sagen.

Doch daß auch du dich denen zugesellt,
Von denen wir nur noch den Namen lesen,
Mein Herze will das nicht, und will's nicht tragen!

FRIEDRICH HEBBEL
KEIN LEBEWOHL

Kein Lebewohl, kein banges Scheiden!
Viel lieber ein Geschiedensein!
Ertragen kann ich jedes Leiden,
Doch trinken kann ich's nicht wie Wein.

Wir saßen gestern noch beisammen,
Von Trennung wußt ich selbst noch kaum!
Das Herz trieb seine alten Flammen,
Die Seele spann den alten Traum!

Dann rasch ein Kuß vom lieben Munde,
Nicht schmerzgetränkt, nicht angstverkürzt!
Das nenn ich eine Abschiedsstunde,
Die leere Ewigkeiten würzt.

LUDWIG TIECK
WIE SCHNELL VERSCHWINDET

Wie schnell verschwindet
So Licht als Glanz,
Der Morgen findet
Verwelkt den Kranz,

Der gestern glühte
In aller Pracht,
Denn er verblühte
In dunkler Nacht.

Es schwimmt die Welle
Des Lebens hin
Und färbt sich helle,
Hats nicht Gewinn;

Die Sonne neiget,
Die Röte flieht,
Der Schatten steiget,
Und Dunkel zieht:

So schwimmt die Liebe
Zu Wüsten ab,
Ach! daß sie bliebe
Bis an das Grab!

Doch wir erwachen
Zu tiefer Qual;
Es bricht der Nachen,
Es löscht der Strahl,

Vom schönen Lande
Weit weggebracht
Zum öden Strande,
Wo um uns Nacht.

MICHAEL DRAYTON
ABSCHIED

Da nichts mehr hilft: ein Kuß – dann laß uns gehn:
So – nun genug; nichts weiter, füg dich drein.
Und ich bin froh, ja, herzlich froh, zu sehn,
Daß ichs vermag, so rasch mich zu befrein.

Nochmals die Hand –; denk nicht an Eid und Schwur.
Und treffen wir einander irgendwann,
Merkt man uns, hoffen wirs, nicht eine Spur
Von unsrer längst verflossnen Liebe an.

Doch wenn sie auch, die Lieb, im Sterben liegt,
Schon ohne Puls, kaum röchelnd hin und wieder –
Die Treue kniet, ob ihr Gebet nicht siegt,
Die Unschuld steht und schlägt die Augen nieder –:

Versuchs, noch jetzt, wenn sie auch aufgegeben:
Erweck sie neu vom sichern Tod zum Leben.

GEORGE GORDON NOEL LORD BYRON
LEBEWOHL

Lebe wohl, und seis auf immer,
Seis auf immer, lebe wohl!
Doch, Versöhnungslose, nimmer
Dir mein Herze zürnen soll.

Könnt ich öffnen dir dies Herze,
Wo dein Haupt oft angeschmiegt
Jene süße Ruh gefunden,
Die dich nie in Schlaf mehr wiegt.

Könntest du durchschaun dies Herze
Und sein innerstes Gefühl,
Dann erst sähst du: es so grausam
Fortzustoßen war zu viel.

Lebe wohl! Ich bin geschleudert
Fort von allen Lieben mein,
Herzkrank, einsam und zermalmet, –
Tödlicher kann Tod nicht sein.

PAUL FLEMING
AUF DEN TOD EINES KINDES

Schlafe wohl, geliebtes Kind.
So viel tapfrer Helden sterben,
Ganze Völker gar verderben,
Und die Zeit verstiebt wie Wind;
Wie soll denn ein Mensch bestehn?
Muß dies Ganze doch vergehn.

Schlafe wohl! wir Armen, wir
Bleiben, was wir immer waren:
Jung von Weisheit, alt von Jahren,
Unverständig für und für;
Stumm an Mund, an Augen blind,
Kinder, wie wir kommen sind.

WILHELM MÜLLER
FREMD BIN ICH EINGEZOGEN

Fremd bin ich eingezogen,
Fremd zieh ich wieder aus.
Der Mai war mir gewogen
Mit manchem Blumenstrauß.
Das Mädchen sprach von Liebe,
Die Mutter gar von Eh' –
Nun ist die Welt so trübe,
Der Weg gehüllt in Schnee.

Ich kann zu meiner Reisen
Nicht wählen mit der Zeit,
Muß selbst den Weg mir weisen
In dieser Dunkelheit.
Es zieht ein Mondenschatten
Als mein Gefährte mit,
Und auf den weißen Matten
Such ich des Wildes Tritt.

Was soll ich länger weilen,
Bis man mich trieb hinaus?
Laß irre Hunde heulen
Vor ihres Herren Haus!
Die Liebe liebt das Wandern –
Gott hat sie so gemacht –
Von einem zu dem andern –
Fein Liebchen, Gute Nacht!

Will dich im Traum nicht stören,
Wär schad um deine Ruh,

Sollst meinen Tritt nicht hören –
Sacht, sacht die Türe zu!
Ich schreibe nur im Gehen
Ans Tor noch gute Nacht,
Damit du mögest sehen,
Ich hab an dich gedacht.

HEINRICH HEINE

DAS IST DAS LEBEN

Das ist das Leben, Kind! Ein ewig Jammern,
Ein ewig Abschiednehmen, ew'ges Trennen!
Konnt' denn dein Herz das mein'ge nicht umklammern?
Hat selbst dein Auge mich nicht halten können?

HEINRICH HEINE

UND WÜSSTEN'S DIE BLUMEN

Und wüßten's die Blumen, die kleinen,
Wie tief verwundet mein Herz,
Sie würden mit mir weinen,
Zu heilen meinen Schmerz.

Und wüßten's die Nachtigallen,
Wie ich so traurig und krank,
Sie ließen fröhlich erschallen
Erquickenden Gesang.

Und wüßten sie mein Wehe,
Die goldnen Sternelein,
Sie kämen aus ihrer Höhe,
Und sprächen Trost mir ein.

Die alle können's nicht wissen,
Nur Eine kennt meinen Schmerz:
Sie hat ja selbst mir zerrissen,
Zerrissen mir das Herz.

HEINRICH HEINE
WENN ZWEI VONEINANDER SCHEIDEN

Wenn zwei voneinander scheiden,
So geben sie sich die Händ'
Und fangen an zu weinen,
Und seufzen ohne End'.

Wir haben nicht geweinet,
Wir seufzten nicht »Weh!« und »Ach!«
Die Tränen und die Seufzer,
Die kamen hintennach.

HEINRICH HEINE
WARUM SCHEINT DENN DIE SONN' AUF DIE AU

Warum scheint denn die Sonn' auf die Au
So kalt und verdrießlich herab?
Warum ist denn die Erde so grau
Und öde wie ein Grab?

Warum bin ich selbst so krank und so trüb,
Mein liebes Liebchen? sprich!
O sprich, mein herzallerliebstes Lieb,
Warum verließest du mich?

FRIEDRICH HÖLDERLIN
DER ABSCHIED

Trennen wollten wir uns? wähnten es gut und klug?
Da wir's taten, warum schreckte, wie Mord, die Tat?
  Ach! wir kennen uns wenig,
    Denn es waltet ein Gott in uns.

Den verraten? ach ihn, welcher uns alles erst,
Sinn und Leben erschuf, ihn, den beseelenden
  Schutzgott unserer Liebe,
    Dies, dies Eine vermag ich nicht.

Aber anderen Fehl denket der Menschen Sinn,
Andern ehernen Dienst übt er und anderes Recht,

Und es fordert die Seele
Tag für Tag der Gebrauch uns ab.

Wohl! ich wußt' es zuvor. Seit der gewurzelte
Allentzweiende Haß Götter und Menschen trennt,
Muß, mit Blut sie zu sühnen,
Muß der Liebenden Herz vergehn.

Laß mich schweigen! o laß nimmer von nun an mich
Dieses Tödliche sehn, daß ich im Frieden doch
Hin ins Einsame ziehe
Und noch unser der Abschied sei!

Reich' die Schale mir selbst, daß ich des rettenden
Heilgen Giftes genug, daß ich des Lethetranks
Mit dir trinke, daß alles,
Haß und Liebe vergessen sei!

Hingehn will ich. Vielleicht seh ich in langer Zeit,
Diotima, dich hier. Aber verblutet ist
Dann das Wünschen und friedlich
Gleich den Seligen, fremd sind wir,

Und ein ruhig Gespräch führet uns auf und ab,
Sinnend, zögernd, doch jetzt faßt die Vergessenen
Hier die Stelle des Abschieds,
Es erwarmet ein Herz in uns,

Staunend seh ich dich an, Stimmen und süßen Sang,
Wie aus voriger Zeit, hör ich und Saitenspiel,
Und befreiet in Flammen
Fliegt in Lüfte der Geist uns auf.

RAINER MARIA RILKE
ABSCHIED

Wie hab ich das gefühlt was Abschied heißt.
Wie weiß ichs noch: ein dunkles unverwundnes
grausames Etwas, das ein Schönverbundnes
noch einmal zeigt und hinhält und zerreißt.

Wie war ich ohne Wehr, dem zuzuschauen,
das, da es mich, mich rufend, gehen ließ,
zurückblieb, so als wärens alle Frauen
und dennoch klein und weiß und nichts als dies:

Ein Winken, schon nicht mehr auf mich bezogen,
ein leise Weiterwinkendes –, schon kaum
erklärbar mehr: vielleicht ein Pflaumenbaum,
von dem ein Kuckuck hastig abgeflogen.

RAINER MARIA RILKE
WELT WAR IN DEM ANTLITZ DER GELIEBTEN

Welt war in dem Antlitz der Geliebten –,
aber plötzlich ist sie ausgegossen:
Welt ist draußen, Welt ist nicht zu fassen.

Warum trank ich nicht, da ich es aufhob,
aus dem vollen, dem geliebten Antlitz
Welt, die nah war, duftend meinem Munde?

Ach, ich trank. Wie trank ich unerschöpflich.
Doch auch ich war angefüllt mit zuviel
Welt, und trinkend ging ich selber über.

BERTOLT BRECHT

IN EINER TRÜBEN FRÜH

In einer trüben Früh
Begann mein Qual und Müh
Das Regiment stand im Geviert
Dann wurd getrommelt, wies der Brauch
Dann ist der Feind, mein Liebster auch
Aus unsrer Stadt marschiert.

BERTOLT BRECHT

GUT, IHR SEID QUITT

Gut, ihr seid quitt.
Was er dir gab – indem du es empfingst
Vergaltest du es. Die Rechnung geht auf. Aber:
Welche Arbeit unterbracht ihr, euch nunmehr
trennend?
Was verlässest du noch, ihn verlassend?
Zu was nämlich gingst du, zu ihm gehend?
Der aus dem Nichts kommt
Wird nach dem Warum nicht gefragt, aber:
Warum ging er ins Nichts?

BERTOLT BRECHT
ABER EINES NACHTS SCHLIEF ICH

Aber eines Nachts schlief ich
Und eines Morgens stand ich auf
Da wusch ich mich vom Kopf bis zum Zeh
Aß und sagte zu mir:
Das ist fertig.

BERTOLT BRECHT
DER ABGERISSENE STRICK

Der abgerissene Strick kann wieder geknotet werden
Er hält wieder, aber
Er ist zerrissen.

Vielleicht begegnen wir uns wieder, aber da
Wo du mich verlassen hast
Triffst du mich nicht wieder.

BERTOLT BRECHT
DER ABSCHIED

Wir umarmen uns.
Ich fasse reichen Stoff
Du fassest armen.

Die Umarmung ist schnell
Du gehst zu einem Mahl
Hinter mir sind die Schergen.
Wir sprechen vom Wetter und von unsrer
Dauernden Freundschaft. Alles andere
Wäre zu bitter.

BERTOLT BRECHT
ICH HABE DICH NIE JE SO GELIEBT

Ich habe dich nie je so geliebt, ma sœur
Als wie ich fortging von dir in jenem Abendrot.
Der Wald schluckte mich, der blaue Wald, ma sœur
Über dem immer schon die bleichen Gestirne
im Westen standen.

Ich lachte kein klein wenig, gar nicht, ma sœur
Der ich spielend dunklem Schicksal entgegenging –
Während schon die Gesichter hinter mir
Langsam im Abend des blauen Walds verblaßten.

Alles war schön an diesem einzigen Abend, ma sœur
Nachher nie wieder und nie zuvor –
Freilich: mir blieben nur mehr die großen Vögel
Die abends im dunklen Himmel Hunger haben.

HERMANN HESSE

AUF DEN TOD EINES KLEINEN KINDES

Jetzt bist du schon gegangen, Kind,
Und hast vom Leben nichts erfahren,
Indes in unsern welken Jahren
Wir Alten noch gefangen sind.

Ein Atemzug, ein Augenspiel,
Der Erde Luft und Licht zu schmecken,
War dir genug und schon zu viel;
Du schliefest ein, nicht mehr zu wecken.

Vielleicht in diesem Hauch und Blick
Sind alle Spiele, alle Mienen
Des ganzen Lebens dir erschienen,
Erschrocken zogst du dich zurück.

Vielleicht wenn unsre Augen, Kind,
Einmal erlöschen, wird uns scheinen,
Sie hätten von der Erde, Kind,
Nicht mehr gesehen als die deinen.

HERMANN HESSE
GLEICHTÖNIG, LEIS UND KLAGEND RINNT

Gleichtönig, leis und klagend rinnt
Den lauen Abend lang der Regen,
Hinweinend wie ein müdes Kind
Der nahen Mitternacht entgegen.

Der Sommer, seiner Feste müd,
Hält seinen Kranz in welken Händen
Und wirft ihn weg – er ist verblüht –
Und neigt sich bang und will verenden.

Auch unsre Liebe war ein Kranz
Auflodernd heißer Sommerfeste,
Nun löst sich sacht der letzte Tanz,
Der Regen stürzt, es fliehn die Gäste.

Und eh wir der verwelkten Pracht
Und der erloschenen Glut uns schämen,
Laß uns in dieser ernsten Nacht
Von unsrer Liebe Abschied nehmen.

HERMANN HESSE
FLÜGELT EIN KLEINER BLAUER FALTER

Flügelt ein kleiner blauer
Falter vom Wind geweht,
Ein perlmutterner Schauer,
Glitzert, flimmert, vergeht.
So mit Augenblicksblinken,
So im Vorüberwehn
Sah ich das Glück mir winken,
Glitzern, flimmern, vergehn.

HERMANN HESSE
SCHICKSAL

Wir sind im Zorn und Unverstand
Wie Kinder tun, geschieden
Und haben uns gemieden,
Von blöder Scham gebannt.

Die Jahre gingen drüber her
Mit Reuen und mit Warten.
In unsern Jugendgarten
Führt keine Straße mehr.

GOTTFRIED BENN
BLAUE STUNDE

Ich trete in die dunkelblaue Stunde –
da ist der Flur, die Kette schließt sich zu
und nun im Raum ein Rot auf einem Munde
und eine Schale später Rosen – du!

Wir wissen beide, jene Worte,
die jeder oft zu anderen sprach und trug,
sind zwischen uns wie nichts und fehl am Orte:
dies ist das Ganze und der letzte Zug.

Das Schweigende ist so weit vorgeschritten
und füllt den Raum und denkt sich selber zu
die Stunde – nichts gehofft und nichts gelitten –
mit ihrer Schale später Rosen – du.

GOTTFRIED BENN
LEBE WOHL

Lebe wohl,
farewell,
und nevermore –:
aller Sprachen Schmerz- und Schattenlaut
sind dem Herzen,
sind dem Ohre
unaufhörlich
tief vertraut.

Lebe wohl,
good bye,
felice notte
und was sonst noch heißt, daß es nicht bleibt,
alles Ruf vom unbekannten Gotte,
der uns
unaufhörlich
treibt.

Lebe wohl – du weißt es, Feld und Aue,
alle Dünung, das Antillenmeer
lebt vom Salze, lebt vom Taue
einer Schattenwiederkehr,
über allem steht die Doppelschwinge
einer zehrenden Unendlichkeit:
Welten – Werke – letzte Dinge –:
todgeweiht.

GOTTFRIED BENN
LEBE WOHL

Lebe wohl, du Flüchtige, Freie
die Flügel zu Fahrt und Flug –
geschlossen die Rune, die Reihe,
die deinen Namen trug.

Ich muß nun wieder
meine dunklen Gärten begehn,
ich höre schon Schwanenlieder
vom Schilf der nächtigen Seen.

Lebe wohl, du Tränenbereiter,
Eröffner von Qual und Gram,
verloren – weiter
die Tiefe, die gab und nahm.

ELSE LASKER-SCHÜLER
ABSCHIED

Ich wollte dir immerzu
Viele Liebesworte sagen,

Nun suchst du ruhlos
Nach verlorenen Wundern.

Aber wenn meine Spieluhren spielen
Feiern wir Hochzeit.

O deine süßen Augen
Sind meine Lieblingsblumen.

Und dein Herz ist mein Himmelreich . . .,
Laß mich hineinschaun.

Du bist ganz aus glitzernder Minze
Und so weich versonnen.

Ich wollte dir immerzu
Viele Liebesworte sagen,

Warum tat ich das nicht?

ARNO HOLZ
IN STILLER SONNE

Über die Welt hin ziehen die Wolken.
Grün durch die Wälder
Fließt ihr Licht.
Herz, vergiß!

In stiller Sonne
Webt linderndster Zauber;
Unter wehenden Blumen blüht tausend Trost.
Vergiß! Vergiß!

Aus fernem Grund pfeift, horch, ein Vogel . . .
Er singt sein Lied.
Das Lied vom Glück,
Vom Glück.

WOLFGANG BORCHERT
ABSCHIED

Das war ein letzter Kuß am Kai – vorbei.
Stromabwärts und dem Meere zu fährst Du.
Ein rotes und ein grünes Licht
entfernen sich.

MASCHA KALÉKO

LETZTES LIED

Ich werde fortgehn, Kind. Doch du sollst leben
Und heiter sein. In meinem jungen Herzen
Brannte das goldne Licht. Das hab ich dir gegeben,
Und nun verlöschen meine Abendkerzen.

Das Fest ist aus, der Geigenton verklungen,
Gesprochen ist das allerletzte Wort.
Bald schweigt auch sie, die dieses Lied gesungen.
Sing du es weiter, Kind, denn ich muß fort.

Den Becher trank ich leer, in raschem Zug
Und weiß, wer davon kostete, muß sterben . . .
Du aber, Kind, sollst nur das Leuchten erben
Und all den Segen, den es in sich trug:

Mir war das Leben wie ein Wunderbaum,
Von dem in Sommernächten Psalmen tönen.
– Nun sind die Tage wie geträumter Traum;
Und alle meine Nächte, alle – Tränen.

Ich war so froh. Mein Herz war so bereit.
Und Gott war gut. Nun nimmt er alle Gaben.
In deiner Seele, Kind, kommt einst die Zeit,
Soll, was ich nicht gelebt, Erfüllung haben.

Ich werde still sein; doch mein Lied geht weiter.
Gib du ihm deinen klaren, reinen Ton.
Du sei ein großer Mann, mein kleiner Sohn.
Ich bin so müde – aber du sei heiter.

JOACHIM RINGELNATZ

ES IST BESSER SO

Es ist besser so.
Reich mir die Hand. Wir wollen froh
Und lachend voneinander gehn.
Wir würden uns vielleicht nach Jahren
Nicht mehr so gut wie heut verstehn.
So laß uns bis auf Wiedersehn
Ein reines, treues Bild bewahren.
Du wirst in meiner Seele lesen
Wie mich ergreift dies harte Wort.
Doch unsre Freundschaft dauert fort.
Und ist kein leerer Traum gewesen,
Aus dem wir einst getäuscht erwachen.
Nun weine nicht; wir wollen froh
Noch einmal miteinander lachen. –
Es ist besser so.

JOACHIM RINGELNATZ

WENN ICH TOT BIN

Wenn ich tot bin
darfst du garnicht trauern
meine Liebe wird mich überdauern
und in fremden Kleidern Dir begegnen
und Dich segnen.

STEFAN GEORGE
KREUZ DER STRASSE

Kreuz der strasse . . .
Wir sind am end.
Abend sank schon . . .
Dies ist das end.
Kurzes wallen
Wen macht es müd?
Mir zu lang schon . .
Der schmerz macht müd.
Hände lockten:
Was nahmst du nicht?
Seufzer stockten:
Vernahmst du nicht?
Meine strasse
Du ziehst sie nicht.
Tränen fallen
Du siehst sie nicht.

PAUL CELAN
BRETONISCHER STRAND

Versammelt ist, was wir sahen,
zum Abschied von dir und von mir:
das Meer, das uns Nächte an Land warf,
der Sand, der sie mit uns durchflogen,
das rostrote Heidekraut droben,
darin die Welt uns geschah.

INA SEIDEL

ABSCHIED

1

Ich ließ die Türe offen.
Langsam ging ich die Stufen.
Ich dachte: vielleicht, daß du riefest –
Aber du hast nicht gerufen.

Ach, das ist Regen
Auf meinem Gesicht.
Ich bin von dir gegangen.
Du fühltest es nicht.

2

Du bist gegangen – ach –
Und ich hatte so viel noch zu fragen.
Du hattest Antwort – ach –
Und hast sie von hinnen getragen.

Nun sitze ich, arm, allein,
Mit meiner dunkelen Seele,
Und wandle zu Klang den Stein
Und hauche mein Herz durch die Kehle.

NELLY SACHS

EIN TOTES KIND SPRICHT

Die Mutter hielt mich an der Hand.
Dann hob Jemand das Abschiedsmesser:
Die Mutter löste ihre Hand aus der meinen,
Damit es mich nicht träfe.
Sie aber berührte noch einmal leise meine Hüfte –
Und da blutete ihre Hand –

Von da ab schnitt mir das Abschiedsmesser
Den Bissen in der Kehle entzwei –
Es fuhr in der Morgendämmerung mit der Sonne hervor
Und begann, sich in meinen Augen zu schärfen –
In meinem Ohr schliffen sich Winde und Wasser,
Und jede Trostesstimme stach in mein Herz –

Als man mich zum Tode führte,
Fühlte ich im letzten Augenblick noch
Das Herausziehen des großen Abschiedsmessers.

ERICH FRIED

NUN WIRST DU WIEDER ZU STEIN

Nun wirst Du wieder zu Stein
und im Schlaf
kommt das Moos
und will wohnen

unter Deinen Augen
bei Spuren
von Wasser
und Salz.

MARIE LUISE KASCHNITZ
DER BLAUE VORHANG

Für Werner Burger

Was ist aus den Bergen geworden
Und aus den schwellenden Flüssen
Seit meine Zunge verdorrt ist
Seit meine Hände die Erde
Durchpflügen nach deinen Augen
Seit meine Stimme immer nur das Eine
Flüstert und stammelt
Deinen Tod . . .

Die Berge sind eingesunken
Die Flüsse vertrocknet
Die Sonne die untergeht ist nicht mehr rot
Die Weide leuchtet nicht mehr zeisiggrün,
O wenn der Juni kommt mit grauen Rosen

Und doch auch diese uns
Überlebende Welt ist schön
Auch an den Wegen von denen
Unsere Spuren gelöscht sind
Erblüht der Weißdorn
Auch die Gespräche

Die von uns nichts mehr wissen
Sind voll von Liebe.

Aufrufen will ich das Versunkene
Und leben machen das Getötete
Daß sie aufleuchten noch einmal
Die Lichter der Autobahn

Die sich begegneten im Kirschbaumhügel
Als mir der Wind den Vorhang
Ins Zimmer wehte die meerblaue Fahne.

ELISABETH BORCHERS

NACHTRÄGLICHER ABSCHIED

Auf einmal und ganz unvermittelt
bleibt man stehn.
Und horcht.

Da war etwas.
Etwas ist vergangen.

(Wir sehn uns bald,
wir werden reden,
wir werden auch zusammen essen gehn.)

Es wäre Zeit gewesen,
zu hören und zu sehn.

Ich wußte, ungenau,
und hatte viel zu tun.

WALTER HELMUT FRITZ
WIESENTAG

Wiesen sind da, Wiesenschritt,
über dem Erdnest der Wespen,
über den Margeriten,
über deiner Verzagtheit.
Hand, die sich löst.
Aber es wird
hinter allen Abschieden sein,
was ist.

KARL KROLOW
LIEBESGEDICHTE II

Du gingst fort . . .

»Und ich liebe des Zimmers Wände,
die ich bemale mit deinem Knabenantlitz.«
(Else Lasker-Schüler)

Du gingst fort. Du wirst fortgehen immer,
Wenn der Tag graue Tauben ans Herz nimmt
Und die Dämmerung ihr Tuch über uns wirft.

Die Nacht kommt mit gefärbten Haaren und dem Geruch
von Mandelkern.
Mond steht in den von Minze parfümierten Stoppeln
Und früher Tau fällt auf Flüsse, in denen die Aale wachsen.

Du gingst fort. Schwarz wurde das Blau in den Flöten des
Enzian.
Zurück blieben das Zimmer und das Grün einer Cordjacke
überm wollenen Rock,
Abwesende Blicke, die wie neugierige Mücken waren.

Die Wände: tapeziert mit Unruhe und der Bronze eines
Nackens!
Du gingst fort. Und ich liebe des Zimmers Wände,
Die ich bemale mit deinem Knabenantlitz . . .

ERICH FRIED

TRENNUNG

Der erste Tag war leicht
Der zweite Tag war schwerer
Der dritte Tag war schwerer als der zweite

Von Tag zu Tag schwerer:
Der siebte Tag war so schwer
daß es schien er sei nicht zu ertragen.

Nach diesem siebten Tag
sehn ich mich
schon zurück

PETER HUCHEL

LETZTE FAHRT

Mein Vater kam im Weidengrau
und schritt hinab zum See,
das Haar gebleicht vom kalten Tau,
die Hände rauh vom Schnee.

Er schritt vorbei am Grabgebüsch,
er nahm den Binsenweg.
Hell hinterm Röhricht sprang der Fisch,
das Netz hing naß am Steg.

Sein altes Netz, es hing beschwert,
er stieß die Stange ein.
Der schwarze Kahn, von Nacht geteert,
glitt in den See hinein.

Das Wasser seufzte unterm Kiel,
er stakte langsam vor.
Ein bleicher Streif vom Himmel fiel
weithin durch Schilf und Rohr.

Die Reuse glänzte unterm Pfahl,
der Hecht schlug hart und laut.
Der letzte Fang war schwarz und kahl,
das Netz zerriß im Kraut.

Die nasse Stange auf den Knien,
die Hand vom Staken wund,
er sah die toten Träume ziehn
als Fische auf dem Grund.

Er sah hinab an Korb und Schnur,
was grau als Wasser schwand,
sein Traum und auch sein Leben fuhr
durch Binsen hin und Sand.

Die Algen kamen kühl gerauscht,
er sprach dem Wind ein Wort.
Der tote Hall, dem niemand lauscht,
sagt es noch immerfort.

Ich lausch dem Hall am Grabgebüsch,
der Tote sitzt am Steg.
In meiner Kanne springt der Fisch.
Ich geh den Binsenweg.

WOLF BIERMANN

DIE ELBE BEI DRESDEN

In Dresden, da steht ja die Elbe so still
Und die Stadt fließt so träge vorbei
Ich steh' da und seh' da die Raddampfer ziehn
Wie voriges Jahr, den Mai
Wie vorigen Mai, da wohnten wir
Diese Sommernacht unten am Fluß
In den Elbwiesen blieb uns die Puste weg
Beim Kuß zwischen Kuß und Kuß

Das sang uns der Fluß, das war unser Lied:
Es fließt alles – alles fließt
Mein Lieb, mein Lieb, jetzt bin ich allein

Jetzt redet der dumme Fluß mir ein:
Es bleibt alles, wie es ist

PABLO NERUDA
DEIN BILD ENTSTEIGT DER NACHT

Dein Bild entsteigt der Nacht, in der ich erinnernd hause.
Der Fluß verströmt ins Meer seine dauernde Klage.

Verlassen wie die Molen in früher Morgenstunde.
Es ist Zeit für den Abschied, ach, verlassen von allem!

Auf mein Herz fällt ein Regen erfrorner Blütenkronen.
Ach, Scherbengrube, Schreckenshöhle voller
Gestrandeter!

In dir häuften sich heillos die Kriege und die Flüge.
Dir entschwebten die Schwingen von Vögeln des
Gesanges.

Alles verschlangst du gierig, wie die saugende Ferne.
Wie das Meer, wie der Zeitlauf. Alles in dir war
Schiffbruch!

Es gab die frohe Stunde des Überfalls, des Kusses.
Die Stunde starren Staunens, hell glühend wie ein
Leuchtturm.

Angst eines Steuermannes, Wut eines blinden Tauchers,
trunkene Liebeswirrnis, alles in dir war Schiffbruch!

Im Kindheitsnebel meiner Seele mit wunden Flügeln.
Irrgelaufner Entdecker, alles in dir war Schiffbruch!

Du schmiegtest dich ans Leiden, klammertest dich an Sehnsucht,
die Schwermut riß dich nieder, alles in dir war Schiffbruch!

Ich machte, daß die Mauer aus Schatten weichen mußte,
und überschritt die Grenzen von Begehren und Handeln.

O Fleisch von meinem Fleische, Weib, geliebt und verloren,
dich ruf ich an in dieser feuchten Stunde und singe.

Wie eine Vase bargst du die unendliche Zartheit,
unendliches Vergessen zerbrach dich, wie die Vase.

Da war die schwarze, schwarze Einsamkeit auf den Inseln,
und dort, Geliebte, dort umschlossen mich deine Arme.

Da waren Durst und Hunger, aber du warst die Frucht mir.
Da war Verfall und Trauer, und du warst mir das Wunder.

Ach, Weib, ich weiß nicht, wie du so fest mich halten konntest
am Erdgrund deiner Seele und am Kreuz deiner Arme.

Mein Verlangen nach dir war schrecklich und ohne Dauer,
ungebärdig und trunken, peinvoll drängend und gierig.

Totenacker und Küsse, noch flammt's aus deinen
Gräbern,
noch glühen dort die Trauben, zerpickt von wilden
Vögeln.

O zerbissener Mund, oh, die zerküßten Glieder,
oh, die hungrigen Zähne, oh, die verflochtnen Körper.

Oh, die verrückte Paarung von Hoffen und Bemühen,
in der wir uns verknoten und an uns selbst verzweifeln.

Und Zärtlichkeit, so leicht wie das Mehl und leicht wie
Wasser.
Und dann das Wort, nur zaghaft sich von den Lippen
lösend.

Dies alles war mein Schicksal, und mit ihm zog die
Sehnsucht
und ging mit ihm zugrunde, alles in dir war Schiffbruch!

O Scherbengrube, alles stürzte in deinen Abgrund.
Jedweder Schmerz entquoll dir, Schmerz hat dich
zugeschüttet.

Noch zwischen Sturz und Sturz hast du gelodert, gesungen.
Aufrecht wie ein Matrose vorn am Bug eines Schiffes.

Blühtest noch auf in Liedern, brachst aus, dich wild
verströmend.
O Scherbengrube, bittres Brunnenloch, finster gähnend.

Blaßgrauer, blinder Taucher, glückloser
Schleuderschütze,
irrgelaufner Entdecker, alles in dir war Schiffbruch!

Es ist Zeit für den Abschied, die harte kalte Stunde,
welche die Nacht fixiert hat auf jeder Fahrplantafel.

Des Meeres lauter Gürtel legt sich nun um die Küste.
Kalte Sterne erscheinen, schwarze Vögel entfliehen.

Verlassen wie die Molen in früher Morgenstunde.
Nur der zitternde Schatten krümmt sich in meinen
Händen.

Ach, schon jenseits von allem. Ach, schon jenseits von
allem.
Es ist Zeit für den Abschied. O verlassen, verlassen.

GUILLAUME APOLLINAIRE
DER ABSCHIED

Ich brach für dich dies Heidekraut
Gedenk der Herbst ist tot ich werde
Dich nie mehr sehn auf dieser Erde
O Duft der Zeit o Heidekraut
Denk daß ich auf dich warten werde

DOROTHEE SÖLLE

LOVE CARELESS LOVE

Bis gestern wußte ich nicht
daß trauer über die haut verteilt
im körper ist und berührbar
daß schmerz nicht endet
wenn wir uns umarmen
nicht weggeschwemmt wird
die unterscheidung von lust und schmerz
wird täglich weniger möglich
bis gestern wußt ich nicht wie
auf die stimme des unglücks
in dem wir wohnen zu hören

Heute weiß ich
wie leise sie spricht
der schmerz wenn du in mich eindringst
ist der schmerz von übermorgen
wenn ich fort sein werde
wenn es gestern noch sicher schien
daß ich in nichts anderes fallen kann
als in deine hände
so weiß ich heute nicht mehr
ob du noch hände haben wirst
die asche die von mir übrig sein wird
zu sammeln

PETER HÄRTLING
ANREDE

Du, es ist alles
vorbei und nichts ist
vorüber, es bleibt
dieser Moment; wir
erinnern uns, wir
tauschen, was wir
gewesen sind, wissen
wie es war. Ich
bin älter als deine
Liebe, wir haben
uns überdauert,
was nicht mehr
bedeutet als der Blick,
mit dem wir uns
wiedererkennen und
voneinander abwenden.
Liebste. Jetzt gehst
du. Und ich?

HELGA M. NOVAK
RESPEKT

ich zerreiße dein Bild von mir
der Fotograf hat es für ein Lächeln gemacht
keine Ecke meines Stuhles sei dir angeboten
das bewahrt dich vor dem Sturz

mein Morgenmund bleibt verschlossen
und erspart dir den Nachgeschmack
mein Hemd
das ich in deine windigen Klagen hänge
ist taub und ungerührt
als Zeuge gegen dich nicht unter Eid zu stellen
ich schicke dich nach Hause
kann ich mehr für dich tun
um dir nicht in die Quere zu kommen
um dir die Süße nicht zu verleiden
pflücke ich meine Trauben von einem anderen Stock.

ERNST JANDL

QUITT

jetzt sind sie quitt
und gehen auseinander
haß im herzen
oder

jetzt sind sie quitt
einer liegt einer geht fort
furcht im herzen
oder

jetzt sind sie quitt
einer liegt
wie der andre
nichts im herzen.

jetzt sind sie quitt.

ARTHUR SCHNITZLER
ABSCHIED

Ich habe dir viel gegeben;
Bewahr es gut,
Wo fern vom Irren und Leben
Es einsam ruht.

Wie Schatten hingebreitet,
Die kommen und fliehn,
Auf deiner Seele gleitet
Die Welt dahin.

Doch in die Tiefern Gründe
Schau' ich hinab,
Ob ich dort wiederfinde,
Was ich dir gab.

HEINZ PIONTEK
VERGÄNGLICHE PSALMEN

Abschied ist immer Verlust.
Und was Du mir wiederschenkst,
gilt weniger als einst,
ist leichter geworden und durchsichtig:
wie die Rauchfahne des Hirtenfeuers oben im Wind.

NIKOLAUS LENAU

FRAGE

O Menschenherz, was ist dein Glück?
Ein rätselhaft geborner,
Und kaum gegrüßt, verlorner
Unwiederholter Augenblick!

Abschied von der Heimat

Von Heimat, Garten, Haus und Baum
ist nichts geblieben als mein Traum

Hermann Hesse

VAGANTENLIED
AUS DEM 12. JAHRHUNDERT
ABSCHIED

Trauter Boden, da meine Wiege stand
Frohe Stätten, da ich mir Kränze wand,
Euch verlaß ich, noch eh die Sonne schwand –
Wund am Herzen muß ich im fremden Land
Sterben.

ANONYM
INNSBRUCK, ICH MUSS DICH LASSEN

Innsbruck, ich muß dich lassen,
ich fahr dahin mein Straßen
in fremde Land dahin.
Mein Freud ist mir genommen,
die ich nit weiß bekommen,
wo ich im Elend bin.

Groß Leid muß ich jetzt tragen,
das ich allein tu klagen
dem liebsten Buhlen mein.
Ach Lieb, nun laß mich Armen
im Herzen dein erbarmen,
daß ich muß dannen sein.

Mein Trost ob allen Weiben,
dein tu ich ewig bleiben,
stät, treu, der Ehren fromm.
Nun muß ich Gott bewahren,
in aller Tugend sparen,
bis daß ich wiederkomm.

JOSEPH VON EICHENDORFF
ABSCHIED

O Täler weit, o Höhen,
O schöner, grüner Wald,
Du meiner Lust und Wehen
Andächtger Aufenthalt!
Da draußen, stets betrogen,
Saust die geschäftge Welt,
Schlag noch einmal die Bogen
Um mich, du grünes Zelt!

Wenn es beginnt zu tagen,
Die Erde dampft und blinkt,
Die Vögel lustig schlagen,
Daß dir dein Herz erklingt:
Da mag vergehn, verwehen
Das trübe Erdenleid,
Da sollst du auferstehen
In junger Herrlichkeit!

Da steht im Wald geschrieben
Ein stilles, ernstes Wort
Vom rechten Tun und Lieben

Und was des Menschen Hort.
Ich habe treu gelesen
Die Worte schlicht und wahr,
Und durch mein ganzes Wesen
Wards unaussprechlich klar.

Bald werd ich dich verlassen,
Fremd in der Fremde gehn,
Auf buntbewegten Gassen
Des Lebens Schauspiel sehn;
Und mitten in dem Leben
Wird deines Ernsts Gewalt
Mich Einsamen erheben,
So wird mein Herz nicht alt.

THEODOR STORM
ABSCHIED

Kein Wort, auch nicht das kleinste, kann ich sagen,
Wozu das Herz den vollen Schlag verwehrt;
Die Stunde drängt, gerüstet steht der Wagen,
Es ist die Fahrt der Heimat abgekehrt.

LUDWIG UHLAND
ABREISE

So hab ich nun die Stadt verlassen,
Wo ich gelebet lange Zeit;
Ich ziehe rüstig meiner Straßen,
Es gibt mir niemand das Geleit.

Man hat mir nicht den Rock zerrissen,
Es wär auch schade für das Kleid!
Noch in die Wange mich gebissen
Vor übergroßem Herzeleid.

Auch keinem hats den Schlaf vertrieben,
Daß ich am Morgen weiter geh;
Sie konntens halten nach Belieben,
Von Einer aber tut mirs weh.

JUSTINUS KERNER
WANDERLIED

Wohlauf! noch getrunken
Den funkelnden Wein!
Ade nun, ihr Lieben!
Geschieden muß sein.
Ade nun, ihr Berge,
Du väterlich Haus!
Es treibt in die Ferne
Mich mächtig hinaus.

HERMANN HESSE
ES IST IMMER DERSELBE TRAUM

Es ist immer derselbe Traum:
Ein rotblühender Kastanienbaum,
Ein Garten, voll von Sommerflor,
Einsam ein altes Haus davor.
Dort, wo der stille Garten liegt,
Hat meine Mutter mich gewiegt;
Vielleicht – es ist so lange her –
Steht Garten, Haus und Baum nicht mehr.

Vielleicht geht jetzt ein Wiesenweg
Und Pflug und Egge drüber weg,
Von Heimat, Garten, Haus und Baum
Ist nichts geblieben als mein Traum.

AGNES MIEGEL
HEIMWEH

Ich hörte heute morgen
Am Klippenhang die Stare schon.
Sie sangen wie daheim –
Und doch war es ein andrer Ton.

Und blaue Veilchen blühten
Auf allen Hügeln bis zur See,
In meiner Heimat Feldern
Liegt in den Furchen noch der Schnee.

In meiner Stadt im Norden
Stehn sieben Brücken, grau und greis,
An ihre morschen Pfähle
Treibt dumpf und schütternd jetzt das Eis.

Und über grauen Wolken
Es fein und engelslieblich klingt, –
Und meiner Heimat Kinder
Verstehen, was die erste Lerche singt.

ALBRECHT HAUSHOFER

ABSCHIED

Schon müssen Jupiter und Venus bleichen,
die Gipfel hellt ein erstes Rosenlicht.
Ich weiß um meine nächsten Wege nicht,
weiß nicht, ob Grüße jemals mich erreichen –

Allmählich schwindet in den Berg hinein
das Hufgetrappel, das mich fortgeleitet.
Das Maultier, das zu Tale mich begleitet,
ist umgekehrt im frühen Morgenschein.

Noch immer hört mein Ohr den grauen Huf.
Der Saumweg windet sich den Fluß entlang.
Es rauscht. Es trappelt . . . Ungewisser Klang . . .

Erstorben nun – der Heimat letzter Ruf.
Die Wasser strömen aus der Berge Tor,
und ferne Hufe ziehn zur Alm empor.

DAGMAR NICK
FLUCHT

Weiter. Weiter. Drüben schreit ein Kind.
Laß es liegen, es ist halb zerrissen.
Häuser schwanken müde wie Kulissen
durch den Wind.

Irgendjemand legt mir seine Hand
in die meine, zieht mich fort und zittert.
Sein Gesicht ist wie Papier zerknittert,
unbekannt.

Ob du auch so um dein Leben bangst?
Alles andre ist schon fortgegeben.
Ach, ich habe nichts mehr, kaum ein Leben,
nur noch Angst.

MASCHA KALÉKO
EMIGRANTEN-MONOLOG

Ich hatte einst ein schönes Vaterland –
So sang schon der Flüchtling Heine.
Das seine stand am Rheine,
Das meine auf märkischem Sand.

Wir alle hatten einst ein (siehe oben!)
Das fraß die Pest, das ist im Sturm zerstoben.
O, Röslein auf der Heide,
Dich brach die Kraftdurchfreude.

Die Nachtigallen wurden stumm,
Sahn sich nach sicherm Wohnsitz um,
Und nur die Geier schreien
Hoch über Gräberreihen.

Das wird nie wieder, wie es war,
Wenn es auch anders wird.
Auch, wenn das liebe Glöcklein tönt,
Auch wenn kein Schwert mehr klirrt.

Mir ist zuweilen so, als ob
Das Herz in mir zerbrach.
Ich habe manchmal Heimweh.
Ich weiß nur nicht, wonach . . .

WALTER MEHRING
AUSZUG AUS:
DER EMIGRANTENCHORAL

Werft
eure Herzen über alle Grenzen,
Und wo ein Blick grüßt, werft die Anker aus!
Zählt auf der Wandrung nicht nach Monden, Wintern,
Lenzen –
Starb eine Welt – ihr sollt sie nicht bekränzen!
Schärft

das euch ein und sagt: Wir sind zu Haus!
Baut euch ein Nest!
Vergeßt – vergeßt
Was man euch aberkannt und euch gestohln!
Kommt ihr von Isar, Spree und Waterkant:
Was gibt's da heut zu holn?
Die ganze Heimat
Und das bißchen Vaterland
Die trägt der Emigrant
Von Mensch zu Mensch – von Ort zu Ort
An seinen Sohl'n, in seinem Sacktuch mit
sich fort.

CARL ZUCKMAYER
ELEGIE VON ABSCHIED UND WIEDERKEHR

Ich weiß, ich werde alles wiedersehn,
Und es wird alles ganz verwandelt sein.
Ich werde durch erloschne Städte gehn,
Darin kein Stein mehr auf dem andern Stein –
Und selbst wo noch die alten Steine stehen,
Sind es nicht mehr die altvertrauten Gassen –
Ich weiß, ich werde alles wiedersehen
Und nichts mehr finden, was ich einst verlassen.

Der breite Strom wird noch zum Abend gleiten.
Auch wird der Wind noch durch die Weiden gehn,
Die unberührt in sinkenden Gezeiten
Die stumme Totenwacht am Ufer stehn.
Ein Schatten wird an unsrer Seite schreiten

Und tiefste Nacht um unsre Schläfen wehn –
Dann mag erschauernd in den Morgen reiten,
Wer lebend schon sein eignes Grab gesehn.

Ich weiß, ich werde zögernd wiederkehren,
Wenn kein Verlangen mehr die Schritte treibt.
Entseelt ist unsres Herzens Heimbegehren,
Und was wir brennend suchten, liegt entleibt.
Leid wird zu Flammen, die sich selbst verzehren,
Und nur ein kühler Flug von Asche bleibt –
Bis die Erinnrung über dunklen Meeren
Ihr ewig Zeichen in den Himmel schreibt.

MARIE LUISE KASCHNITZ
ABSCHIED VOM OSTEN

Die dunkle Fähre treibt stromüber,
ein Kleines, und du ziehst dahin;
schon singt der ferne Wald herüber
von deines neuen Tags Beginn:

Was stehst du zögernd bei der Lände?
Der Fährmann ruft, die Glocke tönt;
wie oft hast du der Jahre Wende
und diesen Tag herbeigesehnt.

Nun lehnst du an dem schwarzen Pfahle,
umklammerst ihn mit Abschiedsweh;
du neigst die Stirn, zum letzten Male
geht durch dein Haar der Wind der See.

Beklagst du meine braune Erde,
des Himmels unbegrenztes Rund,
den freien Hufschlag wilder Pferde,
des Sprossers Ruf im tiefen Grund?

Erwartest du ein letztes Zeichen,
verbürgend deine Wiederkehr?
Der Zweig der Kiefer wird erbleichen,
verrinnen wird der Sand vom Meer.

Du bist der reichen Länder Erbe,
hier wird dir keine Gabe mehr;
ich schlug in deinen Stab die Kerbe
so tief wie keine noch vorher.

Ich schenkte dir den Hauch der Frühe,
die Traumgebilde dunkler Zeit,
die tiefe Lust bestandner Mühe,
den hohen Mut der Einsamkeit.

Du wirst dich meiner oft entsinnen,
wo Winde über Ebnen fliehn,
wo große Ströme meerwärts rinnen
und Segel mit den Strömen ziehn.

Es liegt mein Glanz auf fernen Ähren,
und Wolken formen mein Gesicht:
zieh hin, du wirst nicht wiederkehren.
Vergessen aber wirst du nicht.

HILDE DOMIN
UNTERWEGS

Von Herberge zur Herberge
Vergessenheit.
Der eigene Name
wird etwas Fremdes.

Deine Mutter
lebt nirgendwo,
ist längst dein Kind geworden,
das du nicht gebierst.

Und daß dich einer liebt,
daß man dich anders lieben kann
als im Vorübergehn,
das nimmt dich wunder.

ERICH FRIED
HEIMWEH

Auf dem Berg steht mein Haus
leicht zu sehn von der See
Seine Wände sind Wunden

Auf dem Berg steht mein Haus
auf dem Berg ohne Brunnen
ohne Trunk für den Durst
Seine Fenster sind Fieberaugen

Auf dem Berg steht mein Haus
eine Fahne im Land
aber dürr aber krank
Seine Fenster sind durstige Augen
Seine Treppen sind pochende Pulse

Auf dem Berg steht mein Haus
in der zornigen Sonne
Wenn der Wind Funken trägt
muß es verbrennen

Wenn der Wind Flocken trägt
muß es erfrieren
Eine kranke Fahne
ist mein Haus auf dem Berg

Auf dem Berg steht mein Haus
daß ich es sehe
Pochende Pulse sind meine Treppen
die ich nicht steige
Durstige Augen sind meine Fenster
die ich nicht öffne

Wenn der Wind Flocken trägt
fühl ich mich frieren
Wenn der Wind Funken trägt
fühl ich mich brennen
leicht zu sehn von der See
krank eine dürre Fahne
in meinem Haus auf dem Berg
wo ich nicht bin

SARAH KIRSCH

VALET

Hier stößt sich der Blick an Steinen krumm und blind
Die Bäume werden im Mai grau werfen im Juni
Kummervoll ihre Blätter ab leuchtende Farben
Entspringen Reklametafeln gewaschenen Autos
Ich will nicht länger auf dem Balkon
Die eine zerfressene Rose
Liebevoll anbinden mit Chlorwasser gießen
Und obwohl diese ehrliche Stadt
Unvergleichbar allen Prüfungen standhält
Die Glaser immer ihr Brot finden werden
Will ich sie lassen mit Mann und Maus.
Ich will hin wo das schwarzbunte Niederungsrind
Brüllend den weißen Horizont abläuft
Moore nächtlich den weißen Alp ausblasen
Verschlungene Träume von Entsorgungsanlagen
Der modernden Weiden huschende Lichter
Mich rufen und bitten mir herzlich winken
Und ich natürlich untergehn kann gewöhnlich
Mein Schlaf mir morgens entgegentritt
Weisen Blicks mir alles nachsieht.

HILDE DOMIN
ZIEHENDE LANDSCHAFT

Man muß weggehen können
und doch sein wie ein Baum:
als bliebe die Wurzel im Boden,
als zöge die Landschaft und wir ständen fest.
Man muß den Atem anhalten,
bis der Wind nachläßt
und die fremde Luft um uns zu kreisen beginnt,
bis das Licht von Spiel und Schatten,
von Grün und Blau,
die alten Muster zeigt
und wir zuhause sind,
wo es auch sei,
und niedersitzen können und uns anlehnen,
als sei es an das Grab
unserer Mutter.

BERTOLD VIERTEL
AUSWANDERER

Nun müssen wir von allem scheiden,
Was Kindheit uns und Wachstum war.
Wir sollen selbst die Sprache meiden,
Die unserer Herzen Wort gebar.

Die Landschaft werden wir verlassen,
Die uns auf ihren Armen trug.
Wir sollen diese Wälder hassen
Und hatten ihrer nie genug.

Wie je uns wieder anvertrauen
Dem Friedenshauche einer Flur,
Wenn Abendlicht und Morgengrauen
Befleckt sind mit der blutigen Spur?

Wenn in der Bäume gutem Raunen
Aufrauscht der Haß, der uns vertreibt!
Es lernten unsere Kinder staunen,
Warum man nicht zuhause bleibt?

Wir sind, mein Kind, nie mehr zuhause.
Vergiß das Wort, vergiß das Land
Und mach im Herzen eine Pause –
Dann gehn wir. Wohin? – Unbekannt.

Abschied von Jahreszeiten

Auch der schönste Sommer will
einmal Herbst und Welke spüren

Hermann Hesse

JOHANN WOLFGANG GOETHE

HIELTE DIESEN FRÜHEN SEGEN

Hielte diesen frühen Segen,
Ach, nur eine Stunde fest!
Aber vollen Blütenregen
Schüttelt schon der laue West.
Soll ich mich des Grünen freuen,
Dem ich Schatten erst verdankt?
Bald wird Sturm auch das zerstreuen,
Wenn es falb im Herbst geschwankt.

Willst du nach den Früchten greifen,
Eilig nimm dein Teil davon!
Diese fangen an zu reifen,
Und die andern keimen schon;
Gleich mit jedem Regengusse
Ändert sich dein holdes Tal,
Ach, und in demselben Flusse
Schwimmst du nicht zum zweitenmal.

THEODOR STORM

HERBST

Schon ins Land der Pyramiden
Flohn die Störche übers Meer;
Schwalbenflug ist längst geschieden,
Auch die Lerche singt nicht mehr.

Seufzend in geheimer Klage
Streift der Wind das letzte Grün;
Und die süßen Sommertage,
Ach, sie sind dahin, dahin!

Nebel hat den Wald verschlungen,
Der dein stillstes Glück gesehn;
Ganz in Duft und Dämmerungen
Will die schöne Welt vergehn.

Nur noch einmal bricht die Sonne
Unaufhaltsam durch den Duft,
Und ein Strahl der alten Wonne
Rieselt über Tal und Kluft.

Und es leuchten Wald und Heide,
Daß man sicher glauben mag,
Hinter allem Winterleide
Lieg' ein ferner Frühlingstag.

THEODOR FONTANE
O TRÜBE DIESE TAGE NICHT

O trübe diese Tage nicht,
Sie sind der letzte Sonnenschein;
Wie lange, und es lischt das Licht,
Und unser Winter bricht herein.

Dies ist die Zeit, wo jeder Tag
Viel Tage gilt in seinem Wert,
Weil man's nicht mehr erhoffen mag,
Daß *so* die Stunde wiederkehrt.

Die Flut des Lebens ist dahin,
Es ebbt in seinem Stolz und Reiz,
Und sieh, es schleicht in unsern Sinn
Ein banger, nie gekannter Geiz;

Ein süßer Geiz, der Stunden zählt
Und jede prüft auf ihren Glanz –
O sorge, daß uns keine fehlt,
Und gönn uns jede Stunde *ganz*.

FRIEDRICH HEBBEL
ICH SAH DES SOMMERS LETZTE ROSE STEHN

Ich sah des Sommers letzte Rose stehn,
sie war, als ob sie bluten könne, rot;
da sprach ich schauernd im Vorübergehn:
So weit im Leben ist zu nah am Tod!

Es regte sich kein Hauch am heißen Tag,
nur leise strich ein weißer Schmetterling;
doch, ob auch kaum die Luft sein Flügelschlag
bewegte, sie empfand es und verging.

NIKOLAUS LENAU
HERBSTGEFÜHL

Der Buchenwald ist herbstlich schon gerötet
So wie der Kranke, der sich neigt zu sterben,
Wenn flüchtig noch sich seine Wangen färben;
Doch Rosen sinds, wobei kein Lied mehr flötet.

Das Bächlein zieht und rieselt, kaum zu hören,
Das Tal hinab, und seine Wellen gleiten,
Wie durch das Sterbgemach die Freunde schreiten,
Den letzten Traum des Lebens nicht zu stören.

Ein trüber Wandrer findet hier Genossen;
Es ist Natur, der auch die Freuden schwanden,
Mit seiner ganzen Schwermut einverstanden:
Er ist in ihre Klagen eingeschlossen.

HEINRICH HEINE

DER SCHEIDENDE SOMMER

Das gelbe Laub erzittert,
Es fallen die Blätter hinab;
Ach, alles, was hold und lieblich,
Verwelkt und sinkt ins Grab.

Die Gipfel des Waldes umflimmert
Ein schmerzlicher Sonnenschein;
Das mögen die letzten Küsse
Des scheidenden Sommers sein.

Mir ist, als müßt' ich weinen
Aus tiefstem Herzensgrund;
Dies Bild erinnert mich wieder
An unsre Abschiedsstund'.

Ich mußte von dir scheiden,
Und wußte, du stürbest bald;
Ich war der scheidende Sommer,
Du warst der kranke Wald.

RAINER MARIA RILKE
ENDE DES HERBSTES

Ich sehe seit einer Zeit,
wie alles sich verwandelt.
Etwas steht auf und handelt
und tötet und tut Leid.

Von Mal zu Mal sind all
die Gärten nicht dieselben;
von den gilbenden zu der gelben
langsamem Verfall:
wie war der Weg mir weit.

Jetzt bin ich bei den leeren
und schaue durch alle Alleen.
Fast bis zu den fernen Meeren
kann ich den ernsten schweren
verwehrenden Himmel sehn.

HERMANN HESSE
VERWELKENDE ROSEN

Möchten viele Seelen dies verstehen,
Möchten viele Liebende es lernen:
So im eigenen Dufte sich berauschen,
So verliebt dem Mörder Wind zu lauschen,
So in rosiges Blätterspiel verwehen,
Lächelnd sich vom Liebesmahl entfernen,

So den Abschied als ein Fest begehen,
So gelöst dem Leiblichen entsinken
Und wie einen Kuß den Tod zu trinken.

HERMANN HESSE
HERBSTBEGINN

Der Herbst streut weiße Nebel aus,
Es kann nicht immer Sommer sein!
Der Abend lockt mit Lampenschein
Mich aus der Kühle früh ins Haus.

Bald stehen Baum und Garten leer,
Dann glüht nur noch der wilde Wein
Ums Haus, und bald verglüht auch der,
Es kann nicht immer Sommer sein.

Was mich zur Jugendzeit erfreut,
Es hat den alten frohen Schein
Nicht mehr und freut mich nimmer heut –
Es kann nicht immer Sommer sein.

O Liebe, wundersame Glut,
Die durch der Jahre Lust und Mühn
Mir immer hat gebrannt im Blut –
O Liebe, kannst auch du verglühn?

HERMANN HESSE
HERBST

Ihr Vögel im Gesträuch,
Wie flattert euer Gesang
Den bräunenden Wald entlang –
Ihr Vögel, sputet euch!

Bald kommt der Wind, der weht,
Bald kommt der Tod, der mäht,
Bald kommt das graue Gespenst und lacht,
Daß uns das Herz erfriert
Und der Garten all seine Pracht
Und das Leben all seinen Glanz verliert.

Liebe Vögel im Laub,
Liebe Brüderlein,
Lasset uns singen und fröhlich sein,
Bald sind wir Staub.

HERMANN HESSE
HERBSTGERUCH

Wieder hat ein Sommer uns verlassen,
Starb dahin in einem Spätgewitter,
Regen rauscht geduldig, und im nassen
Walde duftet es so bang und bitter.

Herbstzeitlose starrt im Grase bläßlich
Und der Pilze wucherndes Gedränge.
Unser Tal, noch gestern unermeßlich
Weit und licht, verhüllt sich und wird enge.

Enge wird und duftet bang und bitter
Diese Welt, dem Lichte abgewendet.
Rüsten wir uns auf das Spätgewitter,
Das des Lebens Sommertraum beendet!

HERMANN HESSE

WELKES BLATT

Jede Blüte will zur Frucht,
Jeder Morgen Abend werden,
Ewiges ist nicht auf Erden
Als der Wandel, als die Flucht.

Auch der schönste Sommer will
Einmal Herbst und Welke spüren.
Halte, Blatt, geduldig still,
Wenn der Wind dich will entführen.

Spiel dein Spiel und wehr dich nicht,
Laß es still geschehen.
Laß vom Winde, der dich bricht,
Dich nach Hause wehen.

HERMANN HESSE
VERFRÜHTER HERBST

Schon riecht es scharf nach angewelkten Blättern,
Kornfelder stehen leer und ohne Blick;
Wir wissen: eines von den nächsten Wettern
Bricht unserm müden Sommer das Genick.

Die Ginsterschoten knistern. Plötzlich wird
Uns das fern und sagenhaft erscheinen,
Was heut wir in der Hand zu halten meinen,
Und jede Blume wunderbar verirrt.

Bang wächst ein Wunsch in der erschreckten Seele:
Daß sie nicht allzu sehr am Dasein klebe,
Daß sie das Welken wie ein Baum erlebe,
Daß Fest und Farbe ihrem Herbst nicht fehle.

GOTTFRIED BENN
VALSE D'AUTOMNE

Das Rot in den Bäumen
und die Gärten am Ziel –,
Farben, die träumen,
doch sie sagen so viel.

In allen, in allen
das Larvengesicht:
»befreit – zum Zerfallen,
Erfüllung – nicht.«

An Weihern, auf Matten
das seltsame Rot
und dahinter die Schatten
von Fähre und Boot,

die Ufer beschlagen
vom ewigen Meer
und es kreuzen sich Sagen
und Völker her,

das Locken der Frühe,
der Späte Sang
und der große
einsame
Untergang.

Der Farben so viele,
die Kelche weit,
und das Ziel der Ziele:
Verlorenheit.

In allen, in allen
den Gärten am Ziel,
befreit zum Zerfallen,
der Farben so viel.

GOTTFRIED BENN

TAG, DER DEN SOMMER ENDET

Tag, der den Sommer endet,
Herz, dem das Zeichen fiel:
die Flammen sind versendet,
die Fluten und das Spiel.

Die Bilder werden blasser,
entrücken sich der Zeit,
wohl spiegelt sie noch ein Wasser,
doch auch dies Wasser ist weit.

Du hast eine Schlacht erfahren,
trägst noch ihr Stürmen, ihr Fliehn,
indessen die Schwärme, die Scharen,
die Heere weiterziehn.

Rosen und Waffenspanner,
Pfeile und Flammen weit –:
die Zeichen sinken, die Banner –:
Unwiederbringlichkeit.

GOTTFRIED BENN

ASTERN

Astern – schwälende Tage,
alte Beschwörung, Bann,
die Götter halten die Waage
eine zögernde Stunde an.

Noch einmal die goldenen Herden
der Himmel, das Licht, der Flor,
was brütet das alte Werden
unter den sterbenden Flügeln vor?

Noch einmal das Ersehnte,
den Rausch, der Rosen Du –
der Sommer stand und lehnte
und sah den Schwalben zu,

noch einmal ein Vermuten,
wo längst Gewißheit wacht:
die Schwalben streifen die Fluten
und trinken Fahrt und Nacht.

WILHELM LEHMANN
ABSCHIED

Weiß geäderte Stachelbeere,
Im grünen Garten Sommerballon.
Die wilde Flucht der Mauersegler
Gellt schon : »Davon! Davon!«

Der Kürbis schwillt mit reicher Gewalt,
Er schwillt geruhig aus.
Zittert nicht doch wie Schattengegitter
Das schöne Erdenhaus?

Spanische Kresse schlängelt die Glieder,
Als wartete Sommerbeginn;
Blätterteller schützen den Samen,
Beherbergt bleibt der Sinn.

Weiß geädert, Stachelbeere,
Zeile im großen Gesang.
Wir reichen einander Geisterhände
Und vollenden den Gang.

GEORG TRAKL
DER HERBST DES EINSAMEN

Der dunkle Herbst kehrt ein voll Frucht und Fülle,
Vergilbter Glanz von schönen Sommertagen.
Ein reines Blau tritt aus verfallner Hülle;

Der Flug der Vögel tönt von alten Sagen.
Gekeltert ist der Wein, die milde Stille
Erfüllt von leiser Antwort dunkler Fragen.

Und hier und dort ein Kreuz auf ödem Hügel;
Im roten Wald verliert sich eine Herde.
Die Wolke wandert übern Weiherspiegel;
Es ruht des Landmanns ruhige Gebärde.
Sehr leise rührt des Abends blauer Flügel
Ein Dach von dürrem Stroh, die schwarze Erde.

Bald nisten Sterne in des Müden Brauen;
In kühle Stuben kehrt ein still Bescheiden
Und Engel treten leise aus den blauen
Augen der Liebenden, die sanfter leiden.
Es rauscht das Rohr; anfällt ein knöchern Grauen,
Wenn schwarz der Tau tropft von den kahlen Weiden.

STEFAN GEORGE
ES LACHT IN DEM STEIGENDEN JAHR DIR

Es lacht in dem steigenden jahr dir
Der duft aus dem garten noch leis.
Flicht in dem flatternden haar dir
Eppich und ehrenpreis.

Die wehende saat ist wie gold noch·
Vielleicht nicht so hoch mehr und reich·
Rosen begrüßen dich hold noch·
Ward auch ihr glanz etwas bleich.

Verschweigen wir was uns verwehrt ist·
Geloben wir glücklich zu sein
Wenn auch nicht mehr uns beschert ist
Als noch ein rundgang zu zwein.

STEFAN GEORGE
KOMM IN DEN TOTGESAGTEN PARK

Komm in den totgesagten park und schau:
Der schimmer ferner lächelnder gestade ·
Der reinen wolken unverhofftes blau
Erhellt die weiher und die bunten pfade.

Dort nimm das tiefe gelb · das weiche grau
Von birken und von buchs · der wind ist lau ·
Die späten rosen welkten noch nicht ganz ·
Erlese küsse sie und flicht den kranz ·

Vergiß auch diese letzten astern nicht ·
Den purpur um die ranken wilder reben ·
Und auch was übrig blieb von grünem leben
Verwinde leicht im herbstlichen gesicht.

GEORG VON DER VRING
DIE LETZTE ROSE

Wer hat dieser letzten Rose
Ihren letzten Duft verliehn?
Tritt hinaus ins Sonnenlose,
Atme ihn und spüre ihn,

Wie er rot im Offenbaren
Und verschwebender wie Wein
Wesen kündet, die nie waren
Und die hier nie werden sein.

MARIE LUISE KASCHNITZ
TRITTE DES HERBSTES

Du lieber Herbst
Das Laub
Noch heiß vom Sommer
Und leuchtet feurig
Dann im Wind
Die feinen
Knöchernen Tritte
Zweigauf
Zweigab.

PETER HUCHEL
SEPTEMBER

Noch nistet die Sonne im Duft.
Noch schleifen die Lerchen ihren Gesang
am Rand der weißen Luft.

Im Kielwasser alter Jahre zieht
der hungrige Pflug.
Die Störche sammeln sich am Ried.

Die Pappeln erglänzen im Silberschauer.
Die Felder sind leer.
Es fiel die sicheldurchblitzte Mauer.

INGEBORG BACHMANN
DIE GROSSE FRACHT

Die große Fracht des Sommers ist verladen,
das Sonnenschiff im Hafen liegt bereit,
wenn hinter dir die Möwe stürzt und schreit.
Die große Fracht des Sommers ist verladen.

Das Sonnenschiff im Hafen liegt bereit,
und auf die Lippen der Galionsfiguren
tritt unverhüllt das Lächeln der Lemuren.
Das Sonnenschiff im Hafen liegt bereit.

Wenn hinter dir die Möwe stürzt und schreit,
kommt aus dem Westen der Befehl zu sinken;
doch offnen Augs wirst du im Licht ertrinken,
wenn hinter dir die Möwe stürzt und schreit.

GÜNTHER EICH

DER ANFANG KÜHLERER TAGE

Im Fenster wächst uns klein der Herbst entgegen,
man ist von Fluß und Sternen überschwemmt,
was eben Decke war und Licht, wird Regen
und fällt in uns verzückt und ungehemmt.

Der Mond wird hochgeschwemmt. Im weißen Stiere
und in den Fischen kehrt er ein.
Uns überkommen Wald und Gras und Tiere,
vergessne Wege münden in uns ein.

Uns trifft die Flut, wir sind uns so entschwunden,
daß alles fraglich wird und voll Gefahr.
Wo strömt es hin? Wenn uns das Boot gefunden,
was war dann Wirklichkeit, was Wind, was Haar?

RUDOLF HAGELSTANGE
URLAUB

Die Rosen welk, das falbe Gras,
aus tausend Himmeln rann das Licht,
das letzte, das die Welt besaß.
Schon war der Schuh vom Taue naß.
Dies war der Herbst. Wir wußtens beide nicht.

Im Laube schlug das letzte Blut.
Die Vogelbeeren glühten prall
und mundeten den Drosseln gut.
Holunder wog des Sommers Glut.
Das Jahr schrak vor der reifen Äpfel Fall.

Holunder schwarz, Holunder süß
glänzt dunklen Tränen gleich im Laub.
Sie schlürft das Kind. – Ach, war nicht dies
ein Wink, der in den Frühling wies?
Wir wissens nicht, wir zwischen Stern und Staub.

JAN SWATOPLUK MACHAR
OKTOBER

Nur noch ein Klagelied voll banger Töne
Wogt aus der Erde Schleiern weit und breit,
In allen Winkeln birgt die welke Schöne
Verwelkte Blüten aus der Jugendzeit.

Und doch, die Sehnsucht weiter zu gefallen
Lebt noch in ihr, so heiß, wie einst sie war;
Um ihre Hüften bunte Schärpen wallen,
Die letzten Astern flicht sie sich ins Haar.

Und lachen will sie, wie sie einst gelacht –
Doch in den Runzeln bleibt das Lachen stecken,
Die sich nach Mitleid nur, nach Mitleid sehnen.

Und sie erräts in ahnungsvollem Schrecken:
Stets hangen früh am Kleid ihr hundert Tränen,
Vergossen in durchwachter, banger Nacht.

MASCHA KALÉKO
24 ZEILEN HERBST

O lebensmüdes altes Jahr!
Die Wälder stumm. Der Park entlaubt.
Bald schneit der Winter weißes Haar
Auf unser sommergrünes Haupt.

Der letzte Spatz von dannen hinkt,
Die Lerche in den Frühling flieht,
Und unterm Schieferhimmel singt
Melancholie ihr trübes Lied.

Nun legt der Nebel weit und breit
Dem Frohsinn das Gewerbe.
– Das ist gewiß die Jahreszeit,
In der ich einmal sterbe.

Herrgott, bewahr uns vor der Gicht,
Gib, daß mein Herz nicht rostet.
Um andern Reichtum bitt ich nicht,
Weil Geld uns zuviel kostet.

Ein kleines Feuer im Kamin
Magst du mir auch noch geben,
Wenn dunkle Schattenwolken ziehn,
Und Frost klirrt; – und daneben,

Daß ich der Schwermut trotzen kann
Und nicht die Flucht ergreife:
Ein Kind im Zimmer nebenan
Den Mann mit Buch und Pfeife.

GÜNTHER EICH

ENDE EINES SOMMERS

Wer möchte leben ohne den Trost der Bäume!

Wie gut, daß sie am Sterben teilhaben!
Die Pfirsiche sind geerntet, die Pflaumen
färben sich,
während unter dem Brückenbogen die Zeit rauscht.

Dem Vogelzug vertraue ich meine Verzweiflung an.
Er mißt seinen Teil von Ewigkeit gelassen ab.
Seine Strecken
werden sichtbar im Blattwerk als dunkler Zwang,
die Bewegung der Flügel färbt die Früchte.

Es heißt Geduld haben.
Bald wird die Vogelschrift entsiegelt,
unter der Zunge ist der Pfennig zu schmecken.

HEINZ PIONTEK

ROMANZE VOM ABSCHIED

Okarina des Abschieds
bläst mir der heitere Herbst,
Farben von Safran und getrocknetem Blut –

ach, mit dem Rauch der Kartoffelfeuer
zieht die chimärische Dauer
hinter die Steigung des Hangs.

Was mir geliehen wurde:
wechselndes Licht an den Wänden,
Verständnis für manche Vergeblichkeit,
ein tiefer gespürter Schimmer des Laubs –
dem Unerfahrbaren geb ichs zurück.

Abschied von Lebensstufen – vom Leben überhaupt

Wohl fühl ich,
wie das Leben rinnt

Theodor Storm

WALTHER VON DER VOGELWEIDE
O WEH! WOHIN VERSCHWANDEN
ALLE MEINE JAHR?

O weh! wohin verschwanden alle meine Jahr?
Ist mein Leben mir geträumet oder ist es wahr?
Das ich stets wähnte, daß es wäre, war das nicht?
Danach hab ich geschlafen, und so weiß ichs nicht.
Nun bin ich erwachet, und ist mir unbekannt,
Was mir hievor war kundig wie mein andre Hand.

ANDREAS GRYPHIUS
WELT ADE!

Welt Ade! mein Zil ist kommen
Nunmehr poch ich Fleisch und Tod.
Von Schmertz / Hoffen! Ach und Noth
Hab ich Abschid nun genommen!
Weg du Schatten kurtzer Zeit!
Mich küsst itzt die Ewigkeit.

Chor aus: Excessus humanae
mentis ad Deum

JOHANN HESSE
O WELT ICH MUSS DICH LASSEN

O Welt ich muß dich lassen,
Ich fahr dahin mein Straßen
Ins ewig Vaterland;
Mein Geist will ich aufgeben,
Darzu mein Leib und Leben
Setzen in Gottes Hand.

ANTON ULRICH
VON BRAUNSCHWEIG
STERBELIED

Es ist genug! Mein matter Sinn
Sehnt sich dahin,
Wo meine Väter schlafen.
Ich hab es endlich guten Fug:
Es ist genug!
Ich muß mir Rast verschaffen.

Ich bin ermüdt, ich hab geführt
Die Tages Bürd:
Es muß einst Abend werden.
Erlös mich, Herr, spann aus den Pflug.
Es ist genug!
Nimm von mir die Beschwerden.

Die große Last hat mich gedrückt,
Ja schier erstickt,
So viele lange Jahre.
Ach laß mich finden, was ich such.
Es ist genug!
Mit solcher Kreuzesware.

Nun gute Nacht, ihr meine Freund,
Ihr meine Feind,
Ihr Guten und ihr Bösen!
Euch folg die Treu, euch folg der Trug.
Es ist genug!
Mein Gott will mich auflösen.

FRIEDRICH SCHILLER
DIE IDEALE

So willst Du treulos von mir scheiden
mit Deinen holden Phantasien
mit Deinen Schmerzen, Deinen Freuden
mit allem unerbittlich fliehn?
Kann nichts Dich, Fliehende, verweilen?
O meines Lebens goldne Zeit?
Vergebens, Deine Wellen eilen
Hinab ins Meer der Ewigkeit.

Erloschen sind die heitren Sonnen
die meiner Jugend Pfad erhellt
Die Ideale sind zerronnen
die einst das trunkne Herz geschwellt;
er ist dahin, der süße Glaube

an Wesen, die mein Traum gebar,
der rauhen Wirklichkeit zum Raube,
was einst so schön, so göttlich war.

THEODOR FONTANE
AUSGANG

Immer enger, leise, leise
Ziehen sich die Lebenskreise,
Schwindet hin, was prahlt und prunkt,
Schwindet Hoffen, Hassen, Lieben.
Und ist nichts in Sicht geblieben
Als der letzte dunkle Punkt.

JOHANN GOTTFRIED HERDER
DER AUGENBLICK

Warum denn währt des Lebens Glück
Nur einen Augenblick?
Die zarteste der Freuden
Stirbt wie der Schmetterling,
Der, hangend an der Blume,
Verging, verging.

Wir ahnen, wir genießen kaum
Des Lebens kurzen Traum.
Nur im unselgen Leiden

Wird unser Herzeleid
In einer bangen Stunde
Zur Ewigkeit.

MATTHIAS CLAUDIUS
DER MENSCH

Empfangen und genähret
Vom Weibe wunderbar,
Kömmt er und sieht und höret
Und nimmt des Trugs nicht wahr;
Gelüstet und begehret,
Und bringt sein Tränlein dar;
Verachtet und verehret,
Hat Freude und Gefahr;
Glaubt, zweifelt, wähnt und lehret,
Hält nichts und alles wahr;
Erbauet und zerstöret
Und quält sich immerdar;
Schläft, wachet, wächst und zehret,
Trägt braun und graues Haar.
Und alles dieses währet,
Wenns hoch kömmt, achtzig Jahr.
Dann legt er sich zu seinen Vätern nieder,
Und er kömmt nimmer wieder.

FRIEDRICH RÜCKERT
HERBSTHAUCH

Herz, nun so alt und noch immer nicht klug,
Hoffst du von Tagen zu Tagen,
Was dir der blühende Frühling nicht trug,
Werde der Herbst dir noch tragen!

Läßt doch der spielende Wind nicht vom Strauch,
Immer zu schmeicheln, zu kosen.
Rosen entfaltet am Morgen sein Hauch,
Abends verstreut er die Rosen.

Läßt doch der spielende Wind nicht vom Strauch,
Bis er ihn völlig gelichtet.
Alles, o Herz, ist ein Wind und ein Hauch,
Was wir geliebt und gedichtet.

HUGO VON HOFMANNSTHAL
TERZINEN
I Über Vergänglichkeit

Noch spür ich ihren Atem auf den Wangen:
Wie kann das sein, daß diese nahen Tage
Fort sind, für immer fort, und ganz vergangen?

Dies ist ein Ding, das keiner voll aussinnt,
Und viel zu grauenvoll, als daß man klage:
Daß alles gleitet und vorüberrinnt

Und daß mein eignes Ich, durch nichts gehemmt,
Herüberglitt aus einem kleinen Kind
Mir wie ein Hund unheimlich stumm und fremd.

Dann: daß ich auch vor hundert Jahren war
Und meine Ahnen, die im Totenhemd,
Mit mir verwandt sind wie mein eignes Haar,

So eins mit mir als wie mein eignes Haar.

THEODOR STORM
ÜBER DIE HEIDE

Über die Heide hallet mein Schritt;
dumpf aus der Erde wandert es mit.

Herbst ist gekommen, Frühling ist weit –
Gab es denn einmal selige Zeit?

Brauende Nebel geisten umher;
Schwarz ist das Kraut und der Himmel so leer.

Wär ich hier nur nicht gegangen im Mai!
Leben und Liebe – wie flog es vorbei!

THEODOR STORM
BEGINN DES ENDES

Ein Punkt nur ist es, kaum ein Schmerz,
Nur ein Gefühl, empfunden eben;
Und dennoch spricht es stets darein,
Und dennoch stört es dich zu leben.

Wenn du es andern klagen willst,
So kannst du's nicht in Worte fassen.
Du sagst dir selber: »Es ist nichts!«
Und dennoch will es dich nicht lassen.

So seltsam fremd wird dir die Welt,
Und leis verläßt dich alles Hoffen,
Bis du es endlich, endlich weißt,
Daß dich des Todes Pfeil getroffen.

THEODOR STORM
SO DUNKEL SIND DIE STRASSEN

So dunkel sind die Straßen,
So herbstlich geht der Wind;
Leb wohl, meine weiße Rose,
Mein Herz, mein Weib, mein Kind!

So schweigend steht der Garten,
Ich wandre weit hinaus;

Er wird dir nicht verraten,
Daß ich nimmer kehr nach Haus.

Der Weg ist gar so einsam,
Es reist ja niemand mit;
Die Wolken nur am Himmel
Halten gleichen Schritt.

Ich bin so müd zum Sterben;
Drum blieb ich gern zu Haus,
Und schliefe gern das Leben
Und Lust und Leiden aus.

THEODOR STORM
WOHL FÜHL ICH, WIE DAS LEBEN RINNT

Wohl fühl ich, wie das Leben rinnt,
Und daß ich endlich scheiden muß,
Daß endlich doch das letzte Lied
Und endlich kommt der letzte Kuß.

Noch häng ich fest an deinem Mund
In schmerzlich bangender Begier;
Du gibst der Jugend letzten Kuß,
Die letzte Rose gibst du mir.

Du schenkst aus jenem Zauberkelch
Den letzten goldnen Trunk mir ein;
Du bist aus jener Märchenwelt
Mein allerletzter Abendschein.

Am Himmel steht der letzte Stern,
O halte nicht dein Herz zurück;
Zu deinen Füßen sink ich hin,
O fühl's, du bist mein letztes Glück!

Laß einmal noch durch meine Brust
Des vollsten Lebens Schauer wehn,
Eh seufzend in die große Nacht
Auch meine Sterne untergehn.

FRIEDRICH HÖLDERLIN
HYPERIONS SCHICKSALSLIED

Ihr wandelt droben im Licht
Auf weichem Boden, selige Genien!
Glänzende Götterlüfte
Rühren euch leicht,
Wie die Finger der Künstlerin
Heilige Saiten.

Schicksallos, wie der schlafende
Säugling, atmen die Himmlischen;
Keusch bewahrt
In bescheidener Knospe,
Blühet ewig
Ihnen der Geist,
Und die seligen Augen
Blicken in stiller
Ewiger Klarheit.

Doch uns ist gegeben,
Auf keiner Stätte zu ruhn,
Es schwinden, es fallen
Die leidenden Menschen
Blindlings von einer
Stunde zur andern,
Wie Wasser von Klippe
Zu Klippe geworfen,
Jahrlang ins Ungewisse hinab.

FRIEDRICH HÖLDERLIN
HÄLFTE DES LEBENS

Mit gelben Birnen hänget
Und voll mit wilden Rosen
Das Land in den See,
Ihr holden Schwäne,
Und trunken von Küssen
Tunkt ihr das Haupt
Ins heilignüchterne Wasser.

Weh mir, wo nehm ich, wenn
Es Winter ist, die Blumen, und wo
Den Sonnenschein,
Und Schatten der Erde?
Die Mauern stehn
Sprachlos und kalt, im Winde
Klirren die Fahnen.

ANNETTE VON DROSTE-HÜLSHOFF
LETZTE WORTE

Geliebte, wenn mein Geist geschieden,
So weint mir keine Träne nach;
Denn, wo ich weile, dort ist Frieden,
Dort leuchtet mir ein ewger Tag!

Wo aller Erdengram verschwunden,
Soll euer Bild mir nicht vergehn,
Und Linderung für eure Wunden,
Für euern Schmerz will ich erflehn.

Weht nächtlich seine Seraphsflügel
Der Friede übers Weltenreich,
So denkt nicht mehr an meinen Hügel,
Denn von den Sternen grüß ich euch!

FRIEDRICH SCHNACK
VATER UND KIND

Kleine Hand in meiner Hand,
ich und du im jungen Grase,
ich und du, im Kinderland
gehn wir auf der langen Straße:
deine Hand in meiner Hand!

Kleine Hand in meiner Hand,
die einander zärtlich fassen:

ich und du, nichts hat Bestand.
Einmal, ach! muß ich dich lassen,
kleine Hand, aus meiner Hand.

Kleine Hand in meiner Hand,
kleiner Schritt bei meinem Schritt,
kleiner Fuß im weiten Land:
einmal geh ich nicht mehr mit.
Einmal gehst du ohne mich,
wie ein Traum mein Bild verblich.

RAINER MARIA RILKE
DER TOD IST GROSS

Der Tod ist groß.
Wir sind die Seinen
lachenden Munds.
Wenn wir uns mitten im Leben meinen,
wagt er zu weinen
mitten in uns.

RAINER MARIA RILKE

KINDHEIT

Da rinnt der Schule lange Angst und Zeit
Mit Warten hin, mit lauter dumpfen Dingen.
O Einsamkeit, o schweres Zeitverbringen . . .
Und dann hinaus: die Straßen sprühn und klingen,
Und auf den Plätzen die Fontänen springen,
Und in den Gärten wird die Welt so weit. –
Und durch das alles gehn im kleinen Kleid,
Ganz anders als die andern gehn und gingen –:
O wunderliche Zeit, o Zeitverbringen,
O Einsamkeit.

Und in das alles fern hinauszuschauen:
Männer und Frauen; Männer, Männer, Frauen
Und Kinder, welche anders sind und bunt;
Und da ein Haus und dann und wann ein Hund
Und Schrecken lautlos wechselnd mit Vertrauen –:
O Trauer ohne Sinn, o Traum, o Grauen,
O Tiefe ohne Grund.

Und so zu spielen: Ball und Ring und Reifen
In einem Garten, welcher sanft verblaßt,
Und manchmal die Erwachsenen zu streifen,
Blind und verwildert in des Haschens Hast,
Aber am Abend still, mit kleinen steifen
Schritten nach Haus zu gehn, fest angefaßt –:
O immer mehr entweichendes Begreifen,
O Angst, o Last.

Und stundenlang am großen grauen Teiche
Mit einem kleinen Segelschiff zu knien;
Es zu vergessen, weil noch andre gleiche
Und schönere Segel durch die Ringe ziehn,
Und denken müssen an das kleine bleiche
Gesicht, das sinkend aus dem Teiche schien –:
O Kindheit, o entgleitende Vergleiche.
Wohin? Wohin!

HERMANN HESSE
DER PILGER

Immer war ich auf der Fahrt,
Immer Pilgersmann,
Wenig hab ich mir bewahrt,
Glück und Weh zerrann.

Unbekannt war Sinn und Ziel
Meiner Wanderschaft,
Tausend Male, daß ich fiel,
Neu mich aufgerafft!

Ach, es war der Liebe Stern,
Den ich suchen ging,
Der so heilig und so fern
In den Höhen hing.

Eh das Ziel mir war bewußt,
Wanderte ich leicht,
Habe manche Höhenlust,
Manches Glück erreicht.

Abschied nimmt die bunte Welt,
Die so lieb mir ward.
Hab ich auch das Ziel verfehlt,
Kühn war doch die Fahrt.

HERMANN HESSE
VERGÄNGLICHKEIT

Vom Baum des Lebens fällt
Mir Blatt um Blatt,
O taumelbunte Welt,
Wie machst du satt,
Wie machst du satt und müd,
Wie machst du trunken!
Was heut noch glüht,
Ist bald versunken.
Bald klirrt der Wind
Über mein braunes Grab,
Über das kleine Kind
Beugt sich die Mutter herab.
Ihre Augen will ich wiedersehn,
Ihr Blick ist mein Stern,
Alles andre mag gehn und verwehn,
Alles stirbt, alles stirbt gern.
Nur die ewige Mutter bleibt,
Von der wir kamen,
Ihr spielender Finger schreibt
In die flüchtige Luft unsre Namen.

GOTTFRIED BENN
LETZTER FRÜHLING

Nimm die Forsythien tief in dich hinein
und wenn der Flieder kommt, vermisch auch diesen
mit deinem Blut und Glück und Elendsein,
dem dunklen Grund, auf den du angewiesen.

Langsame Tage. Alles überwunden.
Und fragst du nicht, ob Ende, ob Beginn,
dann tragen dich vielleicht die Stunden
noch bis zum Juni mit den Rosen hin.

GOTTFRIED BENN
EPILOG 1949

Die trunkenen Fluten fallen –
die Stunde des sterbenden Blau
und der erblaßten Korallen
um die Insel von Palau.

Die trunkenen Fluten enden
als Fremdes, nicht dein, nicht mein,
sie lassen dir nichts in Händen
als der Bilder schweigendes Sein.

Die Fluten, die Flammen, die Fragen –
und dann auf Asche sehn:
»Leben ist Brückenschlagen
über Ströme, die vergehn.«

GOTTFRIED BENN

LIED

Lebe wohl den frühen Tagen,
die mit Sommer, stillem Land
angefüllt und glücklich lagen
in des Kindes Träumerhand.
Lebe wohl, du großes Werde,
über Feldern, See und Haus,
in Gewittern brach die Erde
zu gerechtem Walten aus.

Lebe wohl, was je an Ahnen
mich aus solchem Sein gezeugt,
das sich noch den Sonnenbahnen,
das sich noch der Nacht gebeugt.
Von dem Frühen zu dem Späten,
und die Bilder sinken ab –
lebe wohl, aus großen Städten
ohne Traum und ohne Grab.

GOTTFRIED BENN

ABSCHIED

Du füllst mich an wie Blut die frische Wunde
und rinnst hernieder seine dunkle Spur,
du dehnst dich aus wie Nacht in jener Stunde,
da sich die Matte färbt zur Schattenflur,
du blühst wie Rosen schwer in Gärten allen,
du Einsamkeit aus Alter und Verlust,
du Überleben, wenn die Träume fallen,
zuviel gelitten und zuviel gewußt.

Entfremdet früh dem Wahn der Wirklichkeiten,
versagend sich der schnell gegebenen Welt,
ermüdet von dem Trug der Einzelheiten,
da keine sich dem tiefen Ich gesellt;
nun aus der Tiefe selbst, durch nichts zu rühren,
und die kein Wort und Zeichen je verrät,
mußt du dein Schweigen nehmen, Abwärtsführen
zu Nacht und Trauer und den Rosen spät.

Manchmal noch denkst du dich –: die eigene Sage –:
das warst du doch–? ach, wie du dich vergaßt!
war das dein Bild? war das nicht deine Frage,
dein Wort, dein Himmelslicht, das du besaßt?
Mein Wort, mein Himmelslicht, dereinst besessen,
mein Wort, mein Himmelslicht, zerstört, vertan –
wem das geschah, der muß sich wohl vergessen
und rührt nicht mehr die alten Stunden an.

Ein letzter Tag –: spätglühend, weite Räume,
ein Wasser führt dich zu entrücktem Ziel,
ein hohes Licht umströmt die alten Bäume
und schafft im Schatten sich ein Widerspiel,
von Früchten nichts, aus Ähren keine Krone
und auch nach Ernten hat er nicht gefragt –
er spielt sein Spiel, und fühlt sein Licht und ohne
Erinnern nieder – alles ist gesagt.

GERTRUD VON LE FORT
DREIKLANG

I

Du meine Mutter, früheste, lieblichste Wohnung des
träumenden Kindes,
Du seine Wiege,
Da ihm dein pochendes Herz das Schlummerlied raunte:
Fern – zart, wie von Generationen herüber geflüstert,
Und doch so innig nah wie das eigene Leben –
Mutter, o hold war sein Anfang!
Werd ich jemals vergessen, wie eins wir gewesen?
Nein, nie vergeß ichs: einst trugst du mich unterm
Herzen,
Nun, da du längst gestorben,
Trag ich dich in dem meinen –
Eins sind wir wieder, sanft und lebendig verbunden:
Immer, immer noch zehr ich von deiner Liebe!

II

Schlafe du Kind in meinem Schoß –
Kindlein so klein, o Kindlein wie groß –
Wunder des Schöpfers im winzigen Raum,
Wunder der Liebe in Wiege und Traum:
Schlafe, mein Kind!

Schlafe mein Kind ohne Angst und Arg –
Kindlein so schwach, o Kindlein wie stark!
Warst meines Todes schauerndes Nah,
Bist meines Lebens unendliches Ja:
Schlafe, mein Kind!

Schlafe mein Kind, schlaf in Gottes Hut:
Wiegen ist hold und Sterben ist gut –
Du mein Leben, dein Leben mein –
Alles verharrt nur durch Liebe im Sein –
Schlafe, mein Kind!

III

Nun löst mir Kleid und Schuhe
Und macht mich wieder arm und bloß:
Ich suche Hüll und Ruhe
In einer Mutter sanftem Schoß.

Bin wieder Kind aufs neue
Mit meinem lichtgewordnen Haar,
Da winkts wie Muttertreue
Aus tiefen Grüften wunderbar.

Ich beug mich ohne Zagen
Zu ihrem blumenschweren Rand,
Denn unterm Herzen tragen
Will mich ein mütterliches Land.

JOSEF WEINHEBER

AM ZIELE

Angelangt am Ziel der Reise,
Mensch auf blassem Sterbelager:
Letzte Stunde macht dich weise,
naher Friede macht dich schön.
Du, kein Tor mehr und kein Frager,
siehst die Frucht des Lebens leuchten,
ahnst das süße, schwere Dunkel
hinter hoher Pforte stehn.
Hörst von schwarzen Nachens Ruder
lautlos silberne Tropfen fallen,
lautlos fällt das Wortgefunkel
von den Ding- und Taten allen.
Sanft entgleitend Freund- und Feinden,
beugst du dich vollendet leichten
Willens in die Wurzel nieder . . .
Die um dich im Dunkel weinten,
Bäume wieder deine Brüder,
und du selbst, verirrter Müder,
wieder aller Blumen Bruder.

RICARDA HUCH
TIEF IN DEN HIMMEL VERKLINGT

Tief in den Himmel verklingt
Traurig der letzte Stern,
Noch eine Nachtigall singt
Fern, – fern.
Geh schlafen, mein Herz, es ist Zeit.
Kühl weht die Ewigkeit.

Matt im Schoß liegt die Hand,
Einst so tapfer am Schwert.
War, wofür du entbrannt,
Kampfes wert?
Geh schlafen, mein Herz, es ist Zeit.
Kühl weht die Ewigkeit.

GEORG VON DER VRING
DIE BEEREN

Es sind im Oktober die Beeren
Roter als irgendwann.
Doch kommenden Herbst – was dann,
Wenn wir nicht wiederkehren?

Sie mögen, als ob wir noch wären,
Sich röten – aber sie waren
In all unsren wenigen Jahren
Roter als irgendwann.

HEINZ PIONTEK
FREIES GELEIT

Da wird ein Ufer
zurückbleiben.
Oder das End eines
Feldwegs.

Noch über letzte Lichter hinaus
wird es gehen.

Aufhalten darf uns
niemand und nichts!

Da wird sein
unser Mund
voll Lachens –

Die Seele
reiseklar –

Das All
nur eine schmale
Tür,

angelweit offen –

WERNER BERGENGRUEN
LEBEN EINES MANNES

Gestern fuhr ich Fische fangen,
Heut bin ich zum Wein gegangen,
– Morgen bin ich tot –
Grüne, goldgeschuppte Fische,
Rote Pfützen auf dem Tische,
Rings um weißes Brot.

Gestern ist es Mai gewesen,
Heute wolln wir Verse lesen,
Morgen wolln wir Schweine stechen,
Würste machen, Äpfel brechen,
Pfundweis alle Bettler stopfen
und auf pralle Bäuche klopfen,
– Morgen bin ich tot –
Rosen setzen, Ulmen pflanzen,
Schlittenfahren fastnachtstanzen,
Netze flicken, Lauten rühren,
Häuser bauen, Kriege führen,
Frauen nehmen, Kinder zeugen,
Übermorgen Kniee beugen,
Übermorgen Knechte löhnen,
Übermorgen Gott versöhnen –
Morgen bin ich tot.

RUDOLF HAGELSTANGE

LIED DER JAHRE

Wer bin ich und wie halte ich die Jahre,
die glühn, verflackern, sinken wie der Mohn?
Wohin der Duft? Und wer bewahrt den Ton?
Hoch flog der Ball im Aufwind junger Jahre.
Nun fällt er schon . . .?

Ist dies verloren, ist es je geschehen?
Schlaf unter Sternen; Küsten meerumblaut;
der Ströme Wandern; Städte hochgebaut? –
Ich könnte wieder alte Straßen gehen . . .
Sie wären nicht vertraut.

Wer bin ich, da mir dies entsunken?
Und wer vor dem, das Zukunft mir gespart?
Und wer, vom Winde schwach, vom Weine trunken,
inmitten dieses Schwarms und dieser Fahrt
von Seelenvögeln und von Geisterfunken?
Gib Antwort, Gegenwart!

Ich bin, ich atme – eines: Mund und Flöte.
Ich spiele mir ein Lied; ich bin das Lied.
Ich bin der Hauch, der durch die Höhlung zieht,
der Spieler und das Spiel, der Leib der Flöte,
der Flöte Lied.

Was frag ich nach dem Lied verschollner Jahre . . .
Ich bin. Ich atme. Hör ich nicht den Ton?

Hell schwebt die Wolke. Leuchtend brennt der Mohn.
Die Flöte harrt. Laß singen deine Jahre.
Ich hör sie schon.

MASCHA KALÉKO

ICH WERDE FORTGEHN IM HERBST

Ich werde fortgehn im Herbst
Wenn die grauen Trauerwolken
Meiner Jugend mich mahnen.
Keine Fahnen werden flattern
Keine Böller knattern
Krähen werden aus dem Nebel schrein
Schweigen, Schweigen, Schweigen
Hüllt mich ein.
Ich werde gehen wie ich kam
allein.

MASCHA KALÉKO

DIE ZEIT STEHT STILL

Die Zeit steht still. Wir sind es, die vergehen.
Und doch, wenn wir im Zug vorüberwehen,
scheint Haus und Feld und Herden, die da grasen,
wie ein Phantom an uns vorbeizurasen.
Da winkt uns wer und schwindet wie im Traum,
mit Haus und Feld, Laternenpfahl und Baum.

So weht wohl auch die Landschaft unsres Lebens
an uns vorbei zu einem andern Stern
und ist im Nahekommen uns schon fern.
Sie anzuhalten suchen wir vergebens
und wissen wohl, dies alles ist nur Trug.

Die Landschaft bleibt, indessen unser Zug
zurücklegt die ihm zugemessnen Meilen.

Die Zeit steht still. Wir sind es, die enteilen.

HANS EGON HOLTHUSEN
ACHT VARIATIONEN ÜBER ZEIT UND TOD

◇

IV

Heute noch haben wir Welt vor Augen. Wir haben
Herbst, ein Gären im Blut von verlorner und kommender
Zeit und gelbe Kastanienblätter im Hof.
Alle stimmen darin überein, daß es schön ist,
hinauszugehn.
Kinder, vier Jahre alt, kosten für eine Sekunde,
Was sie ein Leben lang suchen werden und niemals
besitzen:
Herbst und Heimat, die Heimat im Staube, das Wohnen
Dicht an der Rinde der Erde, die vorgeburtliche
Landschaft,
Bergland, Marsch oder Geest und schwärzlich
gesprenkelten Sand,
Kopfsteinpflaster, Wacholder und Birken, eine einsame
Straße

Quer durch die Heide, eine Magd in schwarzen, wollenen
Socken,
Die Schürze voll Ziegengeruch . . . Man nennt es im Alter
die Kindheit.
Spät ist, nach durchregneter Nacht, die Klarheit des
Morgens,
Süßer Moder, geklärt in der Luft, Oktober, Ariadne und
Theseus,
Golden, ein Rondo von Mozart, eine goldene Figurine in
Moll.
Dies ist die Zeit, in der eine Freundin aus einer anderen
Stadt, eine Freundin, deren letzten Brief du nicht
beantwortet hast,
Sich von einer steinernen Brüstung hinab auf die Straße
stürzt.
Niemand wird es erfahren, wie der Himmel sich damals
verfärbte,
Wie alle Fenster sich glasig und frostig verschlossen,
Niemand wird wissen, wie an diesem Sonntag es möglich
war,
Daß aus dem goldenen Rondo der Tod erklang.

PAUL CELAN

DU WARST MEIN TOD

Du warst mein Tod
dich konnte ich halten,
während mir alles entfiel.

JOHANNES BOBROWSKI

DORFMUSIK

Letztes Boot darin ich fahr
keinen Hut mehr auf dem Haar
in vier Eichenbrettern weiß
mit der Handvoll Rautenreis
meine Freunde gehn umher
   einer bläst auf der Trompete
   einer bläst auf der Posaune
Boot werd mir nicht überschwer
hör die andern reden laut:
dieser hat auf Sand gebaut

Ruft vom Brunnenbaum die Krähe
von dem ästelosen: wehe
von dem kahlen ohne Rinde:
nehmt ihm ab das Angebinde
nehmt ihm fort den Rautenast
   doch es schallet die Trompete
   doch es schallet die Posaune
keiner hat mich angefaßt
alle sagen: aus der Zeit
fährt er und er hats nicht weit

Also weiß ichs und ich fahr
keinen Hut mehr auf dem Haar
Mondenlicht um Brau und Bart
Abgelebt zuendgenarrt
lausch auch einmal in die Höhe
   denn es tönet die Trompete
   denn es tönet die Posaune

und von weitem ruft die Krähe
ich bin wo ich bin: im Sand
mit der Raute in der Hand

WALTER HELMUT FRITZ
GEH WEITER

Verweile nicht,
geh fort,
nimm Abschied,
eh du gekommen bist.

In deine Versunkenheit
geh weiter.

Worte, Worte,
die die Sage dir schenkt,
aus der du verwiesen.

Immer nah ist
die unerhörte Brandung
der Stille.

NICOLAS BORN
ABSCHIED FÜRS LEBEN UND ABSCHIED FÜR DEN TOD

Wie todernst ist dieses Kommen und Gehen
auf Leitern Stiegen
wenn einer sich abwendet und tatsächlich
mit einem Wort geht
wie leer ist dann die Straße
wie verlassen der Verlassene
und wie atemlos und ängstlich verfolge ich
die Flucht und die Jagd über Dächer
an jedem Gefühl vorbei
und wie bewundre ich von fern Leute
die sich verabschieden mit einem Spaß
und sich voller Angst umarmen
doch dann ist der Abschied nur
eine Hand
eine Träne auf dem Bahnsteig
ein Ölfleck auf dem Parkplatz
und wirklich gibt es Leute die auch woanders
am Leben bleiben
und Leute ohne Wiederkehr
und es gibt Abschiede wie durchwühlte Betten
und Abschiede wie vergessene Zahnbürsten
Abschiede hinaus an die Luft
Abschiede auf die Reise
und auch deinen sanften Abschied von mir
und meinen heiseren Abschied von dir.
Aber es ist weder sanft noch heiser
auf dem Bahnhof zu winken

und kräftig geschüttelte Hände bedeuten
längere Reisen.
Hinter deinen Augen ist mir alles fremd
denn du bist Kolumbianer (was aber nicht der
Grund ist).
Ich gebe meinem Vater diese Hand
keiner will ihm mehr sagen daß er mir
wie aus dem Gesicht geschnitten ist
(ich sage es ihm hier)
hörst du mich Vater!
wo sind deine starken Arme
sind sie von dir weit weggewachsen
oder hast du sie nur vergessen in den vielen
Lebensläufen die du schreiben mußtest?
Auf Wiedersehn!
Und auf Wiedersehen Onkel Heinrich
Bruder meines Vaters der immer gerade aufstand
von seinem braunen vollen Schreibtisch
auf Wiedersehn alte Weide vor meinem Fenster
1960
über die ich mein erstes Gedicht machte
weil sie matt über die Scheiben wischte
und mich immer an etwas erinnerte . . .
Hier erfaßt mich Schwindel
denn fast bin ich schon allein
mit dem verrücktgewordenen Bleistift
den ich bei Luchterhands geklaut habe
um Röhler zu bestrafen
der ein Gedicht von mir larmoyant fand.
Lieber armer Röhler
auch larmoyant kannst du nicht sein
auf Wiedersehn dann bis zum nächsten Bleistift
auf Wiedersehn auch Piwitt in Rom

der die ausgepreßten Genies sakraler Malerei
noch einmal begräbt
und Buch der einer der wenigen ist denen man
Geld leihen kann und denen sein Übergewicht
nichts ausmacht

ERNST GINSBERG

DER ENGPASS

Der Engpaß
wird enger
Das Atmen
wird schwer
Mein Engel
blickt strenger
Kaum kenn ich
ihn mehr.

Der Föhn peitscht
die Zweige
hinauf und
hinab
auf daß er
mir zeige
wie nah ich
dem Grab.

Vertrautes
entzieht sich
Das Nahe
wird fremd

Die Nacht vielleicht
sieht mich
im Sterbehemd –

ERNST GINSBERG

DAS WAR DAS LEBEN?

Das war das Leben? – Dies glitzernde Ding
das schaukelnd hoch oben im Christbaum hing
ewig unerreichbares Schweben
ewige Lockung – Das war das Leben.

Das war das Leben? – Die rasche Sekunde
dir aber schien sie wie Stunde um Stunde
endlose Zeit, zur Vergeudung gegeben
plötzlich zu Ende – Das war das Leben.

INGEBORG BACHMANN

DIE GESTUNDETE ZEIT

Es kommen härtere Tage.
Die auf Widerruf gestundete Zeit
wird sichtbar am Horizont.
Bald mußt du den Schuh schnüren
und die Hunde zurückjagen in die Marschhöfe.
Denn die Eingeweide der Fische
sind kalt geworden im Wind.
Ärmlich brennt das Licht der Lupinen.

Dein Blick spurt im Nebel:
die auf Widerruf gestundete Zeit
wird sichtbar am Horizont.

Drüben versinkt dir die Geliebte im Sand,
er steigt um ihr wehendes Haar,
er fällt ihr ins Wort,
er befiehlt ihr zu schweigen,
er findet sie sterblich
und willig dem Abschied
nach jeder Umarmung.

Sieh dich nicht um.
Schnür deinen Schuh.
Jag die Hunde zurück.
Wirf die Fische ins Meer.
Lösch die Lupinen!

Es kommen härtere Tage.

HANS MAGNUS ENZENSBERGER

LETZTWILLIGE VERFÜGUNG

tut mir doch die fahne aus dem gesicht, sie kitzelt:
begrabt darin meine katze, begrabt sie dort,
wo mein chromatischer garten war.

nehmt den Blechkranz von meiner brust, er scheppert so:
werft ihn zu den statuen auf den schutt
und schenkt die schleifen den huren, damit sie sich
schmücken.

sprecht die gebete ins telefon, aber schneidet den draht
ab:
oder wickelt sie in ein taschentuch voller semmelbrösel
für die blöden fische im tümpel.

soll der bischof zu haus bleiben und sich betrinken:
gebt ihm ein fäßchen rum,
er wird durst haben von der predigt.

und laßt mich mit denksteinen und zylindern zufrieden:
pflastert mit dem schönen basalt eine gasse, die niemand
bewohnt
eine gasse für vögel.

in meinem koffer ist ein viel bekritztes papier für meinen
winzigen vetter:
der soll luftschiffe falten daraus, schön von der brücke
segelnde,
die im fluß ersaufen.

was übrig bleibt: eine unterhose ein feuerzeug ein schöner
opal
und ein wecker, das müßt ihr kallisthenes schenken, dem
lumpenhändler,
und dazu ein gehöriges trinkgeld,

um die auferstehung des fleisches inzwischen und das
ewige leben
werde ich mich, wenn es euch recht ist, selber bekümmern:
es ist meine sache, nicht wahr? lebt wohl

im nachttisch sind noch ein paar zigaretten.

Aus der Überwindung des Alten wächst Neues

Es muß das Herz bei jedem
Lebensrufe bereit zum Abschied sein
und Neubeginne

Hermann Hesse

MATTHIAS CLAUDIUS
IN UNS IST ZWEIERLEI NATUR

In uns ist zweierlei Natur
Doch *ein* Gesetz für beide;
Es geht durch Tod und Leiden nur
Der Weg zur wahren Freude.

HERMANN HESSE
STUFEN

Wie jede Blüte welkt und jede Jugend
Dem Alter weicht, blüht jede Lebensstufe,
Blüht jede Weisheit auch und jede Tugend
Zu ihrer Zeit und darf nicht ewig dauern.
Es muß das Herz bei jedem Lebensrufe
Bereit zum Abschied sein und Neubeginne,
Um sich in Tapferkeit und ohne Trauern
In andre, neue Bindungen zu geben.
Und jedem Anfang wohnt ein Zauber inne,
Der uns beschützt und der uns hilft zu leben.

Wir sollen heiter Raum um Raum durchschreiten,
An keinem wie an einer Heimat hängen,
Der Weltgeist will nicht fesseln uns und engen,
Er will uns Stuf' um Stufe heben, weiten.
Kaum sind wir heimisch einem Lebenskreise

Und traulich eingewohnt, so droht Erschlaffen,
Nur wer bereit zu Aufbruch ist und Reise,
Mag lähmender Gewöhnung sich entraffen.
Es wird vielleicht auch noch die Todesstunde
Uns neuen Räumen jung entgegensenden,
Des Lebens Ruf an uns wird niemals enden . . .
Wohlan denn, Herz, nimm Abschied und gesunde!

ROBERT WALSER

GLÜCK

Es lachen, es entstehen
Im Kommen und im Gehen
Der Welt viel tiefe Welten,
Die alle wieder wandern
Und fliehend durch die andern
Als immer schöner gelten.

Sie geben sich im Ziehen,
Sie werden groß im Fliehen,
Das Schwinden ist ihr Leben. –
Ich bin nicht mehr bekümmert,
Da ich kann unzertrümmert
Die Welt als Welt durchstreben.

RAINER MARIA RILKE
INDEM DAS LEBEN NIMMT UND GIEBT UND NIMMT

Indem das Leben nimmt und giebt und nimmt
entstehen wir aus Geben und aus Nehmen:
ein Schwankendes, sich Wandelndes, ein Schemen
und doch in unserer Seele so bestimmt

hindurchzugehn durch dieses Sich-verschieben
unangezweifelt, aufrecht, unbeirrt
von Tag zu Nacht, von Nacht zu Tag getrieben,
aus denen unaufhaltsam Leben wird

von unserm Leben, Blut von unserm Blut,
Lust von der unsern, Leid das wir erkennen,
von dem wir uns auf einmal wieder trennen
weil unsre Seele, einsam, schon geruht

vorauszugehn . . .

HERMANN HESSE
GLÜCK

Solang du nach dem Glücke jagst,
Bist du nicht reif zum Glücklichsein,
Und wäre alles Liebste dein.

Solang du um Verlornes klagst
Und Ziele hast und rastlos bist,
Weißt du noch nicht, was Friede ist.

Erst wenn du jedem Wunsch entsagst,
Nicht Ziel mehr noch Begehren kennst,
Das Glück nicht mehr mit Namen nennst,

Dann reicht dir des Geschehens Flut
Nicht mehr ans Herz, und deine Seele ruht.

BERTOLT BRECHT
ALLES WANDELT SICH

Alles wandelt sich. Neu beginnen
Kannst du mit dem letzten Atemzug.
Aber was geschehen, ist geschehen. Und das Wasser
Das du in den Wein gossest, kannst du
Nicht mehr herausschütten.

Was geschehen, ist geschehen. Das Wasser
Das du in den Wein gossest, kannst du
Nicht mehr herausschütten, aber
Alles wandelt sich. Neu beginnen
Kannst du mit dem letzten Atemzug.

INA SEIDEL

TROST

Unsterblich duften die Linden –
Was bangst du nur?
Du wirst vergehn, und deiner Füße Spur
wird bald kein Auge mehr im Staube finden.
Doch blau und leuchtend wird der Sommer stehn
und wird mit seinem süßen Atemwehn
gelind die arme Menschenbrust entbinden.
Wo kommst du her? Wie lang bist du noch hier?
Was liegt an dir?
Unsterblich duften die Linden.

HERMANN HILTBRUNNER

FALLENDER STERN

Wer sich verlieren
Und wieder finden kann,
Wer sich zerreißen
Und wieder binden kann,

Wer nicht am Stoffe
Und nicht an Menschen hängt,
Wer aus der Irrnis
Zum Lichte drängt:

Der ist des Himmels,
Dem ist die Erde leicht
Der hat hienieden
Vollendung erreicht.

Anton Ulrich von Braunschweig
1633 Hitzacker – 1714 Wolfenbüttel
Sterbelied, S. 116
Nach: Das Gedichtbuch. Herausgegeben von Barbara Bondy und Rudolf Goldschmitt. S. Fischer Verlag Frankfurt am Main 1970

Guillaume Apollinaire
1880 Rom – 1918 Paris
Der Abschied, S. 62
Aus: Alkohol. Gedichte, französisch und deutsch. Aus dem Französischen übertragen von Johannes Hübner und Lothar Klünner. Hermann Luchterhand Verlag, Darmstadt und Neuwied 1976 (Sammlung Luchterhand 192)

Rinaldo D'Aquino
lebte in der ersten Hälfte des 13. Jahrhunderts in Italien
Die Zurückgebliebene (Auszug), S. 15
Nach: Lyrik des Abendlands. Ausgewählt von Georg Britting. Carl Hanser Verlag, München 1963

Ingeborg Bachmann
1926 Klagenfurt – 1973 Rom
Die große Fracht, S. 106
Aus: Die gestundete Zeit. Frankfurter Verlagsanstalt, Frankfurt am Main 1953.
Die gestundete Zeit, S. 149
Aus: Die gestundete Zeit. Anrufung des großen Bären. R. Piper und Co Verlag, München 1974

Gottfried Benn
1886 Mannsfeldt – 1956 Berlin
Blaue Stunde, S. 44; Lebe wohl, S. 44; Lebe wohl, du Flüchtige, Freie, S. 45; Valse d'Automne, S. 98; Tag, der den Sommer endet,

S. 100; Astern, S. 101; Letzter Frühling, S. 131; Epilog 1949, S. 131; Lied, S. 132
Aus: Gesammelte Werke. Band I. dtv-Bibliothek. © Klett-Cotta'sche Verlagsgemeinschaft, Stuttgart
Abschied, S. 133
Aus: Statische Gedichte. Verlag Der Arche Peter Schifferli, Zürich 1948. © Klett-Cotta'sche Verlagsgemeinschaft, Stuttgart

Werner Bergengruen
1892 Riga – 1964 Baden-Baden
Leben eines Mannes, S. 139
Aus: Figur und Schatten. Nymphenburger Verlagshandlung, München 1958. © 1958 by Verlags AG Die Arche, Zürich

Wolf Biermann
1936 Hamburg, lebt dort
Die Elbe bei Dresden (Auszug), S. 58
Aus: Preußischer Ikarus. Verlag Kiepenheuer & Witsch, Köln 1978

Johannes Bobrowski
1917 Tilsit – 1968 Berlin
Dorfmusik, S. 144
Aus: Schattenland Ströme. Deutsche Verlags-Anstalt, Stuttgart 1962

Elisabeth Borchers
1926 Homberg/Niederrhein, lebt in Frankfurt/Main
Nachträglicher Abschied, S. 54
Aus: Gedichte. Suhrkamp Verlag Frankfurt am Main 1976

Wolfgang Borchert
1921 Hamburg – 1947 Basel
Abschied, S. 47
Aus: Das Gesamtwerk. Rowohlt Verlag, Reinbek bei Hamburg 1959

Nicolas Born
1937 Duisburg – 1979 Berlin
Abschied fürs Leben und Abschied für den Tod, S. 146
Aus: Gedichte 1967-1978. © Rowohlt Verlag, Reinbek bei Hamburg 1978

Bertolt Brecht
1898 Augsburg – 1956 Berlin
In einer trüben Früh, S. 38; Gut, ihr seid quitt, S. 38; Aber eines Nachts schlief ich, S. 39; Der abgerissene Strick kann wieder geknotet werden, S. 39; Der Abschied, S. 39; Ich habe dich nie je so geliebt, ma sœur, S. 40; Alles wandelt sich, S. 158
Aus: Gesammelte Gedichte. Band 3. Suhrkamp Verlag Frankfurt am Main 1976 (edition suhrkamp 835-838)

Clemens Brentano
1778 Ehrenbreitstein – 1842 Aschaffenburg
So lebe wohl mit allen deinen Freuden, S. 21; Da wir zusammen waren, S. 22
Aus: Werke. Band 1. Gedichte. Romanzen vom Rosenkranz. Herausgegeben von Wolfgang Frühwald, Bernhard Gajek und Friedhelm Kemp. Carl Hanser Verlag, München 1968

George Gordon Noel Lord Byron
1788 London – 1824 Missolunghi/Griechenland
Lebe wohl, und seis auf immer (Auszug), S. 30
Nach: Lyrik des Abendlands. Ausgewählt von Georg Britting. Carl Hanser Verlag, München 1963

Paul Celan
1920 Czernowitz/Bukowina – 1970 Paris
Bretonischer Strand, S. 50
Aus: Von Schwelle zu Schwelle. Deutsche Verlags-Anstalt, Stuttgart 1955
Du warst mein Tod, S. 143
Aus: Gedichte in zwei Bänden. Band 2. Suhrkamp Verlag Frankfurt am Main 1975 (Bibliothek Suhrkamp 412 und 413)

Matthias Claudius
1740 Reinfelden bei Lübeck – 1815 Hamburg
Bei dem Grabe meines Vaters, S. 25; Der Mensch, S. 119; In uns ist zweierlei Natur, S. 155
Aus: Sämtliche Werke des Wandsbecker Boten. Herausgegeben von Urban Roedl. J. G. Cotta'sche Buchhandlung, Stuttgart 1954

Michael Drayton
1563 Hartshill/Warwick – 1631 London
Abschied, S. 30
Nach: Lyrik des Abendlands. Ausgewählt von Georg Britting. Carl Hanser Verlag, München 1963

Annette von Droste-Hülshoff
1797 Hülshoff bei Münster – 1848 Meersburg/Bodensee
Letzte Worte, S. 126
Aus: Sämtliche Werke. Herausgegeben von Karl Schulte-Kemminghausen. Georg Müller Verlag, München 1925

Hilde Domin
1912 Köln, lebt in Heidelberg
Unterwegs, S. 82
Aus: Rückkehr der Schiffe. S. Fischer Verlag, Frankfurt am Main 1962
Ziehende Landschaft, S. 85
Aus: Nur eine Rose als Stütze. S. Fischer Verlag, Frankfurt am Main 1964

Günter Eich
1907 Lebus/Oder – 1972 Salzburg
Der Anfang kühlerer Tage, S. 107
Aus: Ausgewählte Gedichte. Suhrkamp Verlag Frankfurt am Main 1960
Ende eines Sommers, S. 110
Aus: Gesammelte Werke in vier Bänden. Band 1: Die Gedichte. Die Maulwürfe. Suhrkamp Verlag Frankfurt am Main 1973

Joseph von Eichendorff
1788 Schloß Lubowitz/Oberschlesien – 1857 Neiße
Abschied, S. 72
Aus: Werke. Herausgegeben von Wolfdietrich Rasch. Carl Hanser Verlag, München 1966

Hans Magnus Enzensberger
1929 Kaufbeuren, lebt in München
letztwillige verfügung, S. 150
Aus: verteidigung der Wölfe. Suhrkamp Verlag Frankfurt am Main 1957

Paul Fleming
1609 Hartenstein/Erzgebirge – 1640 Hamburg
Auf den Tod eines Kindes, S. 31
Nach: Kranz des Lebens. Herausgegeben von Fritz Leisinger. Westermann Verlag, Braunschweig 1955

Theodor Fontane
1819 Neuruppin – 1898 Berlin
O trübe diese Tage nicht, S. 91; Ausgang, S. 118
Aus: Sämtliche Werke. Band 6. Herausgegeben von Walter Keidel. Carl Hanser Verlag, München 1964

Erich Fried
1921 Wien, lebt in London
Nun wirst du wieder zu Stein, S. 52; Heimweh, S. 82
Aus: Gedichte. Claassen Verlag, Hamburg 1958
Trennung, S. 56
Aus: Liebesgedichte. Quartheft 103. Verlag Klaus Wagenbach, Berlin 1979

Walter Helmut Fritz
1929 Karlsruhe, lebt dort
Wiesentag, S. 55; Geh weiter, S. 145
Aus: Bild und Zeichen. Claassen Verlag, Hamburg 1958

Stefan George
1868 Büdesheim/Rheinhessen – 1933 Minusio bei Locarno
Kreuz der straße . . ., S. 50; Es lacht in dem steigenden jahr dir, S. 103; Komm in den totgesagten park und schau, S. 104
Aus: Werke. Ausgabe in zwei Bänden. Band I. Verlag Helmut Küpper (vormals Georg Bondy), Düsseldorf 1958. © Klett-Cotta'sche Verlagsgemeinschaft, Stuttgart

Ernst Ginsberg
1904 Berlin – 1964 Zürich
Der Engpaß, S. 148; Das war das Leben, S. 149
Aus: Abschied. Peter Schifferli Verlag Die Arche, Zürich 1965

Johann Wolfgang Goethe
1749 Frankfurt am Main – 1832 Weimar
Wer von der Schönen zu scheiden verdammt ist, S. 17; Abschied, S. 18; Das Wiedersehn ist froh, das Scheiden schwer, S. 19; Willkommen und Abschied, S. 19; Hielte diesen frühen Segen, S. 89
Aus: Werke in sechs Bänden. Band 1: Gedichte. Insel Verlag Frankfurt am Main 1981

Andreas Gryphius
1616 Glogau/Schlesien – 1664 ebenda
Welt Ade! mein Zil ist kommen (Chor aus: Excessus humanae mentis ad Deum), S. 115
Aus: Gedichte. Herausgegeben von Adalbert Elschenbroich. Reclam Verlag, Stuttgart 1968

Karoline von Günderode
1780 Karlsruhe – 1806 Winkel am Rhein
Die eine Klage, S. 26
Nach: Irdene Schale. Frauenlyrik seit der Antike. Herausgegeben von Mechthild Barthel-Kranzbühler. Verlag Lambert Schneider, Heidelberg o. J.

Johann Christian Günther
1695 Striegau – 1723 Jena
Die verworfene Liebe, S. 13
Aus: Sämtliche Werke. Band I. Herausgegeben von W. Krämer. Wissenschaftliche Buchgesellschaft, Darmstadt 1964 (Nachdruck der Ausgabe Leipzig 1930)

Peter Härtling
1933 Chemnitz, lebt in Walldorf/Hessen
Anrede, S. 64
Aus: Ausgewählte Gedichte 1953-1979. Hermann Luchterhand Verlag, Darmstadt und Neuwied 1979 (Sammlung Luchterhand 290)

Rudolf Hagelstange
1912 Nordhausen/Harz – 1984 Hanau
Urlaub, S. 108
Aus: Zwischen Stern und Staub. Insel Verlag Frankfurt am Main 1953
Lied der Jahre, S. 140
Aus: Lied der Jahre. Gesammelte Gedichte. Verlag Hoffmann und Campe, Hamburg 1964. © Paul List Verlag, München

Albrecht Haushofer
1903 München – 1945 Berlin
Abschied, S. 76
Aus: Moabiter Sonette. Deutscher Taschenbuch Verlag (dtv Allg. Reihe 10099). Mit freundlicher Genehmigung von Heinz Haushofer

Friedrich Hebbel
1813 Wesselburen/Dithmarschen – 1863 Wien
Kein Lebewohl, kein banges Scheiden, S. 28
Aus: Werke. Dritter Band. Herausgegeben von Gerhard Fricke, Werner Keller und Karl Förnbacher. Carl Hanser Verlag, München 1965
Ich sah des Sommers letzte Rose stehn, S. 92
Aus: Werke in drei Bänden. Band 3. Aufbau-Verlag, Berlin und Weimar 1966

Heinrich Heine
1797 Düsseldorf – 1856 Paris
Das ist das Leben, Kind! Ein ewig Jammern, S. 33; Und wüßten's die Blumen, die kleinen, S. 33; Wenn zwei voneinander scheiden, S. 34; Warum scheint denn die Sonn' auf die Au, S. 35; Der scheidende Sommer, S. 93
Aus: Buch der Lieder. Insel Verlag Frankfurt am Main 1975 (insel taschenbuch 33)

Heinrich von Morungen
um 1160 bei Sangershausen – 1222 Leipzig
Oh weh, soll mir nun nimmermehr, S. 13
Nach: Lyrik des Abendlands. Ausgewählt von Georg Britting. Carl Hanser Verlag, München 1963

Johann Gottfried Herder
1744 Morungen/Ostpreußen – 1803 Weimar
Der Augenblick, S. 118
Aus: Werke in fünf Bänden. Ausgearbeitet und eingeleitet von Regine Otto. Band 1: Gedichte. Aufbau Verlag, Berlin und Weimar 1978

Hermann Hesse
1877 Calw/Württemberg – 1962 Montagnola/Schweiz
Auf den Tod eines kleinen Kindes, S. 41; Gleichtönig, leis und klagend rinnt, S. 42; Flügelt ein kleiner blauer Falter, S. 43; Schicksal, S. 43; Es ist immer derselbe Traum, S. 75; Verwelkende Rosen, S. 94; Herbstbeginn, S. 95; Herbst, S. 96; Herbstgeruch, S. 96; Welkes Blatt, S. 97; Verfrühter Herbst, S. 98; Der Pilger, S. 129; Vergänglichkeit, S. 130; Stufen, S. 155; Glück, S. 157
Aus: Gesammelte Werke. Band 1. Suhrkamp Verlag Frankfurt am Main 1970 (werkausgabe edition suhrkamp)

Johann Hesse
1743 Dölstedt – 1810 Schwarzburg
O Welt ich muß dich lassen, S. 116

Nach: Lyrik des Abendlands. Ausgewählt von Georg Britting. Carl Hanser Verlag, München 1963

Hermann Hiltbrunner
1893 Biel-Benken/Basel – 1961 Uerikon/Zürichsee
Fallender Stern, S. 159
Nach: Kostbarkeiten deutscher Lyrik. Herausgegeben von H. Huber. Verlag Hans Huber, Bern 1950. © Claassen Verlag, Düsseldorf

Friedrich Hölderlin
1770 Lauffen/Neckar – 1843 Tübingen
Der Abschied, S. 35; Hyperions Schicksalslied, S. 124; Hälfte des Lebens, S. 125
Aus: Sämtliche Werke und Briefe. Band I: Gedichte u. a. Herausgegeben von Günther Mieth. Carl Hanser Verlag, München 1970

Christian Hoffmann von Hoffmannswaldau
1616 Breslau – 1679 ebenda
Wo sind die Stunden, S. 16
Aus: Herrn von Hoffmannswaldau und anderer Deutschen auserlesener und bißher ungedruckter Gedichte. Herausgegeben von Benjamin Neukirch. Benjamin Neukirchs Anthologie, Tübingen 1965

Hugo von Hofmannsthal
1874 Wien – 1929 Rodaun bei Wien
Terzinen I Über Vergänglichkeit, S. 120
Aus: Sämtliche Werke I, Herausgegeben von Eugene Weber. © S. Fischer GmbH, Frankfurt am Main 1984

Hans Egon Holthusen
1913 Rendsburg/Schleswig-Holstein, lebt in München und Evanston/Illinois
Acht Variationen über Zeit und Tod, S. 142
Aus: Labyrinthische Jahre. Piper Verlag, München 1952

Arno Holz
1863 Rastenburg – 1929 Berlin
In stiller Sonne, S. 47
Nach: Lieb, Leid und Zeit und Ewigkeit. Deutsche Gedichte aus tausend Jahren. Herausgegeben von Heinz Piontek. Verlag Albrecht Knaus, Hamburg 1981. Mit freundlicher Genehmigung von Klaus M. Rarisch

Ricarda Huch
1864 Braunschweig – 1947 Schönberg/Taunus
Tief in den Himmel verklingt, S. 137
Aus: Gesammelte Werke. Fünfter Band. Herausgegeben von Wilhelm Emrich. Verlag Kiepenheuer und Witsch, Köln 1971

Peter Huchel
1903 Berlin-Lichterfelde – 1981 Stufen/Breisgau
Letzte Fahrt, S. 57; September, S. 106
Aus: Die Sternenreuse. Piper Verlag, München 1967

Ernst Jandl
1925 Wien, lebt dort
quitt, S. 65
Aus: dingfest. Hermann Luchterhand Verlag, Darmstadt und Neuwied 1973 (Sammlung Luchterhand 121)

Mascha Kaléko
1912 Schidlow – 1975 Zürich
Letztes Lied, S. 48; Ich werde fortgehn im Herbst, S. 141
Aus: Heute ist morgen schon gestern. arani-Verlag, Berlin 1980
Emigranten-Monolog, S. 77; 24 Zeilen Herbst, S. 109
Aus: Verse für Zeitgenossen. Rowohlt Verlag, Reinbek bei Hamburg 1958
Die Zeit steht still, S. 141
Aus: Das himmelgraue Poesiealbum der Mascha Kaléko. arani-Verlag, Berlin 1979

Marie Luise Kaschnitz
1901 Karlsruhe – 1974 Rom
Der blaue Vorhang, S. 53
Aus: Dein Schweigen – meine Stimme. Claassen Verlag, Hamburg 1962
Abschied vom Osten, S. 80
Aus: Gedichte. Verlag Claassen und Goverts, Hamburg 1947
Tritte des Herbstes, S. 105
Aus: Neue Gedichte. Claassen Verlag, Düsseldorf 1957

Justinus Kerner
1786 Ludwigsburg – 1862 Weinsberg
Wohlauf! noch getrunken (Aus: Wanderlied), S. 74
Nach: Poetischer Almanach für das Jahr 1812, besorgt von Justinus Kerner. Heidelberg o. J.

Sarah Kirsch
1935 Limlingerrode/Harz, lebt in Bothel/Niedersachsen
Valet, S. 84
Aus: Erdreich. Gedichte. Deutsche Verlags-Anstalt, Stuttgart 1982

Karl Krolow
1915 Hannover, lebt in Darmstadt
Liebesgedichte II, S. 55
Aus: Die Zeichen der Welt. Deutsche Verlags-Anstalt, Stuttgart 1952

Else Lasker-Schüler
1876 Wuppertal – 1945 Jerusalem
Abschied, S. 46
Aus: Gesammelte Werke. Band I: Gedichte 1902-1943. Kösel Verlag, München 1961

Gertrud von Le Fort
1876 Minden/Westfalen – 1971 Oberstdorf
Dreiklang, S. 134
Aus: Gedichte. Insel Verlag, Wiesbaden 1950

Wilhelm Lehmann
1882 Puerto Caballo/Venezuela – 1968 Eckernförde
Abschied, S. 102
Aus: Antwort des Schweigens. Heliopolis Verlag, Tübingen 1951

Nikolaus Lenau
1802 Czatad/Ungarn – 1850 Oberdöbling bei Wien
Frage, S. 67
Aus: Werke in einem Band. Auswahl und Nachwort von Egbert Hoehl. Verlag Hoffmann und Campe, Hamburg 1966
Herbstgefühl, S. 92
Aus: Lenaus sämtliche Werke in vier Bänden. Band 1. J. G. Cotta'sche Buchhandlung, Stuttgart o. J.

Jan Swatopluk Machar
1864 Kolín – 1942 Prag
Oktober, S. 108
Nach: Lyrik des Abendlands. Ausgewählt von Georg Britting. Carl Hanser Verlag, München 1963

Walter Mehring
1896 Berlin – 1981 Zürich
Werft eure Herzen über alle Grenzen (Auszug aus: Der Emigrantenchoral), S. 78
Aus: Mehring-Kassette. Gedichte, Lieder und Chansons 1918-1933. Band 2: Staatenlos im Nirgendwo. Claassen Verlag, Düsseldorf 1981

Agnes Miegel
1879 Königsberg – 1964 Bad Salzuflen
Heimweh, S. 75
Aus: Ausgewählte Gedichte. Eugen Diederichs Verlag

Eduard Mörike
1804 Ludwigsburg – 1875 Stuttgart
Lebe wohl, S. 23
Aus: Sämtliche Werke. Band I. Herausgegeben von Gerhart Baumann. J. G. Cotta'sche Buchhandlung, Stuttgart o. J.

Wilhelm Müller
1794 Dessau – 1827 ebenda
Fremd bin ich eingezogen, S. 32
Nach: Urania. Taschenbuch für Damen auf das Jahr 1818. Leipzig und Altenburg o. J.

Pablo Neruda
1904 Parral – 1973 Santiago de Chile
Dein Bild entsteigt der Nacht, in der ich erinnernd hause, S. 59
Aus: Liebesgedichte. Hermann Luchterhand Verlag, Darmstadt und Neuwied 1977 (Sammlung Luchterhand 232)

Dagmar Nick
1926 Breslau
Flucht, S. 77
Aus: Fluchtlinien. Delphin Verlag, München 1978

Helga M. Novak
1935 Berlin
Respekt, S. 64
Aus: Grünheide Grünheide. Gedichte 1955-1980. Hermann Luchterhand Verlag, Darmstadt und Neuwied 1983 (Sammlung Luchterhand 460)

Heinz Piontek
1925 Kreuzberg/Oberschlesien, lebt in München
Abschied ist immer Verlust (aus: Vergängliche Psalmen), S. 66; Freies Geleit, S. 138; Romanze vom Abschied, S. 111
Aus: Die Rauchfahne. Gedichte. Franz Schneekluth Verlag, München 1983 (Münchner Edition). Mit freundlicher Genehmigung des Autors

Rainer Maria Rilke
1875 Prag – 1926 Val Mont bei Montreux
Abschied, S. 37
Aus: Neue Gedichte. Insel Verlag Frankfurt am Main 1974 (insel taschenbuch 49)
Welt war in dem Antlitz der Geliebten, S. 37

Aus: Das Stundenbuch. Insel Verlag Frankfurt am Main 1972 (insel taschenbuch 2)
Der Tod ist groß, S. 127; Kindheit, S. 128; Ende des Herbstes, S. 94
Aus: Das Buch der Bilder. Insel Verlag Frankfurt am Main 1973 (insel taschenbuch 26)
Indem das Leben nimmt und giebt und nimmt, S. 157
Aus: Werke in sechs Bänden. Band II/Zweiter Teil. Insel Verlag Frankfurt am Main 1966/1980

Joachim Ringelnatz
1883 Wurzen – 1934 Berlin
Es ist besser so, S. 49; Wenn ich tot bin, S. 49
Aus: Und auf einmal steht es neben dir. © Henssel Verlag, Berlin 1980

Friedrich Rückert
1788 Schweinfurt – 1806 Neuseß bei Coburg
Herbsthauch, S. 120
Nach: Der ewige Brunnen. Gesammelt und herausgegeben von Ludwig Reiners. C. H. Beck, München 1955

Nelly Sachs
1891 Berlin – 1970 Stockholm
Ein totes Kind spricht, S. 52
Aus: Fahrt ins Staublose. Die Gedichte der Nelly Sachs. Suhrkamp Verlag Frankfurt am Main 1961

Josef Victor von Scheffel
1826 Karlsruhe – 1886 ebenda
Das ist im Leben häßlich eingerichtet, S. 22
Nach: Der ewige Brunnen. Gesammelt und herausgegeben von Ludwig Reiners. C. H. Beck, München 1955

Friedrich Schiller
1759 Marbach/Neckar – 1805 Jena
Nänie, S. 20; Die Ideale (Auszug), S. 117
Aus: Schillers Gedichte. Herausgegeben von Klaus L. Berghahn. Athenäum Verlag, Königstein 1980

Friedrich Schnack
1888 Rieneck/Unterfranken – 1973 München
Vater und Kind, S. 126
Aus: Gesamtausgabe des poetischen Werkes. Band III. Kösel Verlag, München 1951. Mit freundlicher Genehmigung von Sebastian Schnack

Arthur Schnitzler
1862 Wien – 1931 ebenda
Abschied, S. 66
Nach: Deutsche Lyrik aus Österreich seit Grillparzer. Herausgegeben von Camill Hoffmann. Verlag Meyer und Jessen, Berlin 1912. Abdruck mit freundlicher Genehmigung des S. Fischer Verlags, Frankfurt am Main

Rudolf Alexander Schröder
1878 Bremen – 1962 Bad Wiessee
An jedem Tage gibts ein Abschiednehmen, S. 27
Aus: Gesammelte Werke in acht Bänden. Band I: Die Gedichte. Suhrkamp Verlag Frankfurt am Main 1952

Ina Seidel
1885 Halle/Saale – 1974 Ebenhausen
Abschied, S. 51; Trost, S. 159
Aus: Gesammelte Gedichte. Deutsche Verlags-Anstalt, Stuttgart 1937

Dorothee Sölle
1929 Köln, lebt in Hamburg
Love careless love, S. 63
Aus: fliegen lernen. Gedichte. © Verlag Wolfgang Fietkau, Berlin 1979

Theodor Storm
1817 Husum/Schleswig – 1888 Hademarschen/Holstein
Die Zeit ist hin; du löst dich unbewußt, S. 23; Wohl rief ich sanft dich an mein Herz, S. 24; Mein jüngstes Kind, S. 24; Schließe mir

die Augen beide, S. 25; Kein Wort, auch nicht das kleinste, kann ich sagen (aus: Abschied), S. 73; Über die Heide, S. 121; Beginn des Endes, S. 122; So dunkel sind die Straßen, S. 122; Wohl fühl ich, wie das Leben rinnt, S. 123; Herbst, S. 90
Aus: Sämtliche Werke in acht Bänden. Band I. Herausgegeben von Albert Köster. Insel Verlag, Leipzig 1919

Ludwig Tieck
1773 Berlin – 1853 ebenda
Wie schnell verschwindet, S. 28
Nach: Kranz des Lebens. Herausgegeben von Fritz Leisinger. Westermann Verlag, Braunschweig 1955

Georg Trakl
1887 Salzburg – 1914 Krakau
Der Herbst des Einsamen, S. 102
Aus: Die Dichtungen. Band I. Otto Müller Verlag, Salzburg 1948

Überlieferung
Innsbruck, ich muß dich lassen, S. 71

Ludwig Uhland
1787 Tübingen – 1862 ebenda
Abreise, S. 74
Nach: Der ewige Brunnen. Gesammelt und herausgegeben von Ludwig Reiners. Verlag C. H. Beck, München 1955

Vagantenlied aus dem 12. Jahrhundert
Abschied, S. 71
Nach: Lyrik des Abendlands. Ausgewählt von Georg Britting. Carl Hanser Verlag, München 1978

Bertold Viertel
1885 Wien – 1953 ebenda
Auswanderer, S. 85
Aus: Dichtungen und Dokumente. Kösel Verlag, München 1956. Mit freundlicher Genehmigung von Elisabeth Neumann-Viertel

François Villon
1431 Paris – Todesjahr unbekannt, ab 1463 verlieren sich seine Spuren
Rondeau, S. 15
Aus: Sämtliche Dichtungen. Französisch und deutsch. Verlag Lambert Schneider, Heidelberg 1982

Georg von der Vring
1889 Brake/Oldenburg – 1968 München
Die letzte Rose, S. 105
Aus: Ausgewählte Gedichte. R. Piper und Co Verlag, München 1952. Mit freundlicher Genehmigung von Vilma von der Vring
Die Beeren, S. 137
Aus: Der Schwan. Georg Müller Verlag, München 1961

Robert Walser
1878 Biel/Schweiz – 1956 Herisau
Glück, S. 156
Aus: Das Gesamtwerk. Band VII. Suhrkamp Verlag Frankfurt am Main 1978 (werkausgabe edition suhrkamp)

Walther von der Vogelweide
um 1170 vermutlich Niederösterreich – ca. 1230 bei Würzburg (?)
Oh weh! wohin verschwanden alle meine Jahr?, S. 115
Nach: Lyrik des Abendlands. Ausgewählt von Georg Britting. Carl Hanser Verlag, München 1963

Josef Weinheber
1892 Wien – 1945 Kirchstetten/Niederösterreich
Am Ziele, S. 136
Aus: Sämtliche Werke. Band I. Otto Müller Verlag, Salzburg 1953

Carl Zuckmayer
1896 Nackenheim/Rhein – 1977 Visp/Schweiz
Elegie von Abschied und Wiederkehr, S. 79
Aus: Gesammelte Werke in vier Bänden. Band 1: Gedichte/Erzählungen. S. Fischer Verlag, Frankfurt am Main 1960

INHALT

Abschied von der Heimat

Abschied von Jahreszeiten

Abschied von Lebensstufen – vom Leben überhaupt

Aus der Überwindung des Alten wächst Neues

Romane, Erzählungen, Prosa

Hans Christian Andersen. Glückspeter
Mit Scherenschnitten von Alfred Thon. it 643

Bettina von Arnim. Bettina von Arnims Armenbuch
Herausgegeben von Werner Vordtriede. it 541
– Dies Buch gehört dem König
Herausgegeben von Ilse Staff. it 666
– Die Günderode
Mit einem Essay von Christa Wolf. it 702

Apuleius. Der goldene Esel
Mit Illustrationen von Max Klinger zu »Amor und Psyche«. Aus dem Lateinischen von August Rode. Mit einem Nachwort von Wilhelm Haupt. it 146

Jane Austen. Emma
Aus dem Englischen von Charlotte Gräfin von Klinckowstroem. it 511

Honoré de Balzac. Die Frau von dreißig Jahren
Deutsch von W. Blochwitz. it 460
– Das Mädchen mit den Goldaugen
Aus dem Französischen von Ernst Hardt. Vorwort Hugo von Hofmannsthal. Illustrationen Marcus Behmer. it 60

Joseph Bédier. Tristan und Isolde
Roman. Deutsch von Rudolf G. Binding. Mit Holzschnitten von 1484. it 387

Harriet Beecher-Stowe. Onkel Toms Hütte
In der Bearbeitung einer alten Übersetzung herausgegeben und mit einem Nachwort versehen von Wieland Herzfelde. Mit 27 Holzschnitten von George Cruikshank aus der englischen Ausgabe von 1852. it 272

Ambrose Bierce. Aus dem Wörterbuch des Teufels
Auswahl, Übersetzung und Nachwort von Dieter E. Zimmer. it 440
– Mein Lieblingsmord
Erzählungen. Aus dem Amerikanischen von G. Günther. it 39

Die Blümlein des heiligen Franziskus von Assisi
Aus dem Italienischen nach der Ausgabe der Tipografia Metastasio, Assisi 1901, von Rudolf G. Binding. Mit Initialen von Carl Weidemeyer. it 48

Romane, Erzählungen, Prosa

Blumenschatten hinter dem Vorhang. Von Ting Yao Kang. Aus dem Chinesischen übertragen und mit einem Nachwort versehen von Franz Kuhn. Mit 18 Holzschnitten. it 744

Giovanni di Boccaccio. Das Dekameron
Hundert Novellen. Ungekürzte Ausgabe. Aus dem Italienischen von Albert Wesselski und mit einer Einleitung versehen von André Jolles. Mit venezianischen Holzschnitten. Zwei Bände. it 7/8

Hermann Bote. Ein kurzweiliges Buch von Till Eulenspiegel aus dem Lande Braunschweig. Wie er sein Leben vollbracht hat. Sechsundneunzig seiner Geschichten.
Herausgegeben, in die Sprache unserer Zeit übertragen und mit Anmerkungen versehen von Siegfried H. Sichtermann. Mit zeitgenössischen Illustrationen. it 336

Clemens Brentano. Gedichte, Erzählungen, Briefe
Herausgegeben von Hans Magnus Enzensberger. it 557

Emily Brontë. Die Sturmhöhe
Aus dem Englischen von Grete Rambach. it 141

Giordano Bruno. Das Aschermittwochsmahl
Übersetzt von Ferdinand Fellmann. Mit einer Einleitung von Hans Blumenberg. it 548

Gottfried August Bürger. Wunderbare Reisen zu Wasser und zu Lande. Feldzüge und lustige Abenteuer des Freiherrn von Münchhausen
Mit Holzschnitten von Gustave Doré. it 207

Hans Carossa. Eine Kindheit. it 295
– Verwandlungen einer Jugend. it 296

Lewis Carroll. Geschichten mit Knoten
Herausgegeben und übersetzt von W. E. Richartz. Mit Illustrationen von Arthur B. Frost. it 302
– Alice im Wunderland
Mit 42 Illustrationen von John Tenniel. Übersetzt und mit einem Nachwort versehen von Christian Enzensberger. it 42
– Alice hinter den Spiegeln
Mit Illustrationen von John Tenniel. Übersetzt von Christian Enzensberger. it 97

Romane, Erzählungen, Prosa

Lewis Carroll. Briefe an kleine Mädchen
Aus dem Englischen übersetzt und herausgegeben von Klaus Reichert. Mit Fotografien des Autors. it 172

Miguel de Cervantes Saavedra. Der scharfsinnige Ritter Don Quixote von der Mancha
Mit einem Essay von Iwan Turgenjew und einem Nachwort von André Jolles. Mit Illustrationen von Gustave Doré. 3 Bände. it 109

Adelbert von Chamisso. Peter Schlemihls wundersame Geschichte
Nachwort von Thomas Mann. Illustriert von Emil Preetorius. it 27

Matthias Claudius. Der Wandsbecker Bote
Mit einem Vorwort von Peter Suhrkamp und einem Nachwort von Hermann Hesse. it 130

James Fenimore Cooper. Die Lederstrumpferzählungen
In der Bearbeitung der Übersetzung von E. Kolb durch Rudolf Drescher. Mit Illustrationen von O. C. Darley. Vollständige Ausgabe. 5 Bände in Kassette.
Der Wildtöter · Der letzte Mohikaner · Der Pfadfinder · Die Ansiedler · Die Prärie. – it 760

Alphonse Daudet. Montagsgeschichten
Aus dem Französischen von Eva Meyer. it 649
– Briefe aus meiner Mühle
Aus dem Französischen von Alice Seiffert. Mit Illustrationen. it 446
– Tartarin von Tarascon. Die wunderbaren Abenteuer des Tartarin von Tarascon. Mit Zeichnungen von Emil Preetorius. it 84

Daniel Defoe. Moll Flanders. Herausgegeben und mit einem Essay versehen von Norbert Kohl. it 707
– Robinson Crusoe. Mit Illustrationen von Ludwig Richter. it 41

Deutsche Künstlernovellen des 19. Jahrhunderts
Herausgegeben von Jochen Schmidt. it 656

Charles Dickens. David Copperfield. Mit Illustrationen von Phiz. it 468
– Große Erwartungen. Aus dem Englischen von Margit Meyer. Mit Illustrationen von F. W. Pailthorpe. it 667
– Der Raritätenladen. Aus dem Englischen von Leo Feld. Mit Illustrationen von Cruikshank u. a. it 716

Romane, Erzählungen, Prosa

Charles Dickens. Oliver Twist
Aus dem Englischen von Reinhard Kilbel. Mit einem Nachwort von Rudolf Marx und 24 Illustrationen von George Cruikshank. Vollständige Ausgabe. it 242
– Weihnachtserzählungen
Mit Illustrationen von Cruikshank u. a. it 358

Denis Diderot. Die Nonne
Mit einem Nachwort von Robert Mauzi. Der Text dieser Ausgabe beruht auf der ersten deutschen Übersetzung von 1797. it 31
– Erzählungen und Gespräche
Aus dem Französischen von Katharina Scheinfuß. it 554

Die drei Reiche. Roman. Aus dem Chinesischen von Franz Kuhn. Mit 24 Holzschnitten. it 585

Fjodor M. Dostojewski. Der Idiot. Aus dem Russischen von Hermann Röhl. Mit einem Nachwort von Hermann Hesse. it 740
– Schuld und Sühne. Roman in sechs Teilen. Aus dem Russischen von Hermann Röhl. Illustrationen von Theodor Eberle. it 673
– Der Spieler. Aus den Erinnerungen eines jungen Mannes. Aus dem Russischen von Hermann Röhl. it 515

Annette von Droste-Hülshoff. Bei uns zulande auf dem Lande. Prosaskizzen. Herausgegeben von Otto A. Böhmer. it 697
– Die Judenbuche. Ein Sittengemälde aus dem gebirgichten Westfalen. Mit Illustrationen von Max Unold. it 399

Alexandre Dumas. Der Graf von Monte Christo. Bearbeitung einer alten Übersetzung von Meinhard Hasenbein. Mit Illustrationen von Pavel Brom und Dagmar Bromova. Zwei Bände. it 266
– Die Kameliendame. Aus dem Französischen von Walter Hoyer. Mit Illustrationen von Paul Garvani. it 546

Joseph Freiherr von Eichendorff. Aus dem Leben eines Taugenichts
Mit Illustrationen von Adolf Schrödter und einem Nachwort von Ansgar Hillach. it 202
– Novellen und Gedichte. Herausgegeben von Hermann Hesse. it 360

Romane, Erzählungen, Prosa

Eisherz und Edeljaspis
Aus dem Chinesischen von Franz Kuhn. Mit Holzschnitten einer alten chinesischen Ausgabe. Mit einem Nachwort und Anmerkungen von Franz Kuhn. it 123

Paul Ernst. Der Mann mit dem tötenden Blick und andere frühe Erzählungen. Herausgegeben von Wolfgang Promies. it 434

André Ficus/Martin Walser. Heimatlob
Ein Bodenseebuch. it 645

Harry Fielding. Die Geschichte des Tom Jones, eines Findlings
Mit Stichen von William Hogarth. it 504

Gustave Flaubert. Bouvard und Pécuchet
Mit einem Vorwort von Victor Brombert und einem Nachwort von Uwe Japp. Mit Illustrationen von András Karakas. it 373
– Die Versuchung des heiligen Antonius
Aus dem Französischen übersetzt von Barbara und Robert Picht. Mit einem Nachwort von Michel Foucault. it 432
– Lehrjahre des Gefühls
Geschichte eines jungen Mannes, übertragen von Paul Wiegler. Mit einem Essay »zum Verständnis des Werkes« und einer Bibliographie von Erich Köhler. it 276
– Madame Bovary
– Revidierte Übersetzung aus dem Französischen von Arthur Schurig. it 167
– Salammbô
Herausgegeben und mit einem Nachwort versehen von Monika Bosse und André Stoll. Mit Abbildungen. it 342
– Ein schlichtes Herz. it 110
– Drei Erzählungen/Trois Contes
Zweisprachige Ausgabe. Neu übersetzt von Cora von Kleffens und André Stoll. it 571
– November. Aus dem Französischen von Ernst Sander. it 411

Theodor Fontane. Allerlei Glück
Plaudereien, Skizzen, Unvollendetes. Ausgewählt und herausgegeben von Otto Drude. it 641
– Cécile. Roman. Mit einem Nachwort von Walter Müller-Seidel. it 689